# 文字學初步

戴增元著

中華書局印行

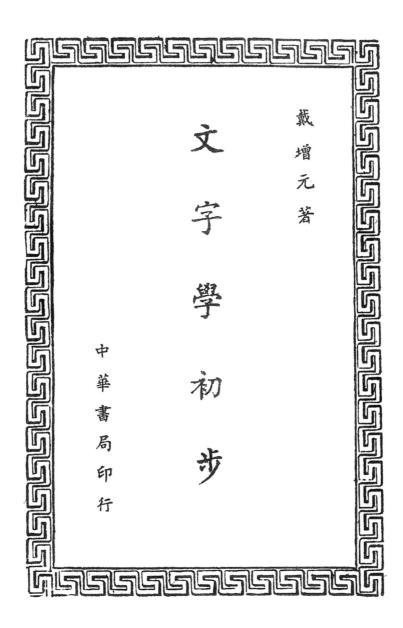

序

合形體聲音訓詁三者，以求貫通此。清代樸學大師戴錢段王諸家所視為終身之業者也。教育改變，科學繁重，識者以學子研習中國學術不主張從小學入手，殆亦有其故矣。然學者每因是而昧於我國文字變遷之迹，源流莫識，譌誤愈多，至有抱改革熱心以求進化者，謂我國文字確有改革之必要。惟今之所慮者，恐改革者功未成而身先退，而後來者猶未經抱改革思想者研習之途徑，而亦隨聲附和，謂我國文字凌亂無條理，勢必至改革未成，而異國文字已駸駸起而代之。是壽陵餘子，未得國能，先失其故行矣。茲以平昔所蘊蓄，兼采諸家學說，以成是編，期學者得一真切瞭解，知源之所在，譌誤之由；並求正於當世之賢達君子。

中華民國二十一年九月鎮江戴增元序於吳中治國故齋

目錄

甲編　形體部分
第一章　形體總論
第二章　文字生成前後的趨勢
第一節　文字未生成前
第二節　文字已生成後
第三章　各體之演進
第一節　蝌蚪文
第二節　籀文和奇字
第三節　小篆　隸書　真書
第四節　草書　行書　附論秦體新莽書
第四章　六書大意
第一節　六書通說

第二節 指事 象形 形聲 會意
第三節 轉注 假借 附論通借
第五章 許書研究 甲骨文附
第一節 說文字數 說文部首
第二節 說文重文 1同部 2異部
第三節 說文俗體 說文或體
第四節 說文讀若
第五節 甲骨文研究
第六章 糾正謬誤 1流俗誤用字 2形體相混字
乙編 聲音部分
第一章 聲音總論
第二章 聲母和韻母
第一節 聲母的分類

第二節　聲母由省併而復分
第三節　聲母的清濁和戛透轢捺
第四節　韻母
第三章　聲韻的通轉 發音機關圖附
第一節　聲部的通轉
第二節　韻部的通轉
第三節　發音機關圖
第四章　古代的聲韻
第一節　古聲的分類
第二節　古韻的分部
第五章　反切
第一節　反切的起原
第二節　反切於字音的便利

第三節　反切的違失和流弊
第六章　廣韻的類別和韻攝
第一節　三百三十九類
第二節　二十二韻攝
第七章　國音
第一節　國音通説
第二節　注音的方法
第三節　國音音標和舊聲韻韻攝參照比較
丙編　字義部分
第一章　字義總論
第二章　古今字義的變遷
第三章　解釋字義的條例
附論

# 甲編　形體部分

## 第一章　形體總論

文字學的內容本來是包括聲音形體訓詁三者而成的；文字替代語言，語言之起，由於聲音，聲音乃是文字學最要的根本，這是留心文字學的人都知道的。但是學者初步研究文字學時，若先從聲音入手，反易感到困難，如餘杭章先生太炎文始存初文準初文都五百十文用變易孳乳例，於音韻學上多發前人所未發，而初學每難驟明其轉變之用。本來聲音是容易的事，小兒初能發言語時，其聲音即自然與聲紐相合，不過講到聲音的轉變，字的孳乳，那初步研究文字學的人，就不免感覺到有困難了。所以研究文字學的人，先研究替代語言的符號，是比較容易得多。換句話說，符號就是文字的形體。符號最初的動機，當然要數到結繩紀事，大事大結其繩，小事小結其繩，這只能說他是符號的動機，不能就稱為形體。就是說文解字叙裏說庖犧氏始作易八卦以垂憲象，八卦也不能即稱為文字的形體，因為八卦雖然是表現理想的一種進步，但包含理想的範圍太寬泛了。易緯說卦者掛也，掛物象以示於人，所以謂之卦，八卦可以說是最初的文字，這都是後人的揣測。許慎說垂憲象，與易緯說掛象，完全是一樣的意思，完全是由繫辭八卦成列象在其中的意思蛻化出來的。楊萬里說是制字之初，也不過說是文字形體的一種動機罷了。據此看來，說畫卦促成以後文字的形體成立是可以的，說畫卦就是文字的形體是不可以的，再說到畫卦的起原，是由於龍馬負圖，河圖就是文字的形體，那是格外牽强了。

本書所要叙述的文字形體，因為避免荒遠難稽，就從黃帝時代說起。黃帝有兩個史官：一是倉頡，一是沮誦。這兩個人可以說他是代表整理黃帝以前文字形體的人，或增廣黃帝以前文字形體的人。雖然結繩、河圖、畫卦不足稱為文字的形體，而文字的形體，一定是漸漸發生，不過古書記載缺略罷了。倉沮整理文字，就是去掉從前不足稱為形體的，而保存或增廣許多稱為形體的。他們最初整理或增廣文字的功勞實在不小；許慎說：「黃帝之史倉頡，見鳥獸蹏迒之迹，知分理之可相別異也，初造書契，百工以乂，萬品以察，蓋取諸夬，夬揚於王庭」。又說「倉頡之初作書，蓋依賴象形，故謂之文」。許君推崇倉頡，就是說文字經過倉頡之後，才有增廣和整理的成績可言；若一定說他是第一個創造文字的人，這未免有點神話意味了。倉頡的倉字並不作蒼，廣韻說倉氏就是倉頡之後，帝王世紀也說過倉頡，衛恒說黃帝創造百物，有倉頡沮誦作書契，段玉裁注說文解字，就是這樣說法。現在要藉此表明倉沮以外，整理或增廣文字的人很多，當然有與他同時的，有先後接踵的。古書上雖然記載缺略，可以知道許慎舉出倉頡，還是代表整理或增廣文字的人。可是學者所欲研究文字形體的不是只要知道許慎衞恒段玉裁所說最初整理或增廣文字的人，是要知道由黃帝時代以後，凡文字的變遷演進，六書造字的方法都要有精密的研究，再講到聲音訓詁，格外知道文字學的形聲義三大部分，有種種不可脫離的關係。所以本書目的，重在先期學者於文字學的形體，深切瞭解，進而及於聲音訓詁，成一有系統的研究；淺則可以知文字學的大概，深則可以成研究形聲義的專家，因不憚詞費而連類及之。

# 第二章　文字生成前後的趨勢

## 第一節　文字未生成前

在文字未生成前，雖然談不到形聲孳乳的字，但是簡單的文足以表示形體的，却是這時代的人理想中最要造成的。所以在這時代既然有了結繩的話，有相傳的河圖，有庖犧畫卦的種種事實，那麽人要用符號來替代語言，自是日迫一日；因為結繩，河圖，畫卦那許多事，距離要成立形體的文字是很遠的。後人儘管說乾卦☰是天字坤卦☷是地字震卦☳是雷字巽卦☴是風字坎卦☵是水字離卦☲是火字艮卦☶是山字兌卦☱是澤字，而在當時要用以替代語言符號是沒有用處的。後來的水火字和坎卦離卦差不多，這也是後人造文字時，物象上偶然相合，或是就採取他做水火的形體，斷不是作卦的時候，就是預備做文字用的。若再看到易經說卦於天地風雷水火山澤之外，又引伸了許多意象，那格外知道八卦於當時人類所要成立的形體文字，是風馬牛不相及了。

說卦引申八卦的意象，有廣義狹義兩種，廣義的更煩瑣，這裏不贅述，狹義引申的，錄之如次。

(一)屬於畜獸的：乾為馬，坤為牛，震為龍，巽為雞，坎為豕，離為雉，艮為狗，兌為羊。

(二)屬於人身的：乾為首，坤為腹，震為足，巽為股，坎為耳，離為目，艮為手，兌為口。

這樣表示意象，自然要令人觸動成立文字形體的思想，不過普通知識的人多，先覺的人少，倉沮的知識，當然比別人高些，他們又做了黃帝的史官，知道結繩畫卦的那種辦法，不能叫史事傳留下來，於是用依類象形的方法，選擇從前可取的畫成之象，重行定他的名稱，或增加些比較進步的形體，總想免卻許慎說的：「庶業其緐飾偽萌生」的弊病可以說倉沮真是應運而生了。

## 第二節　文字已生成後

㈠文的生成　文是初成立的形體，就是最簡單的形體。鄭樵說獨體為文，合體為字，可以知文是不和他體相合，不完全是積畫最少的。前節說倉沮應運而生，大約這兩人和他們同時比較知識好的人，都對於獨體文的整理和增加，工作做得多點。所謂整理是採可取的畫成之象來做文字的形體，譬如一，等於乾卦所畫的各畫；水火，等於坎卦離卦所畫的卦象，這都是後人造文字時采而用之，倘認為造八卦時就是造文字，這是大錯。現在就舉出兩種獨體文，記在下面。

1　指事的獨體文

一　即一字

｜　引而上行讀若囟，引而下行讀若退。

丿　房必切

乁 即乙字

𠄎 即乃字

丩 即糾字

囗 即圍字

## 2 象形的獨體文

囘 即回字

云 即雲字

厷 即厷字

儿 即人字

申 即電字

虫 即虫字

指事象形，在六書範圍之內，留待後面再講，不過獨體文確已有這兩種分別。倉沮和他們同時的人整理或增廣文字形體的時候，未必沒有合體的文，而獨體文一定是多數經過他們手續的。

（三）字的生成　字的生成當然在文的生成以後，因為字的義是乳的意思，乳的義是人或鳥生子的意思，說文乳从孚从乙，乙者玄鳥，人及鳥生子曰乳，而字則从子在宀下，是有孳生的意思，許慎因此說字和乳是差不多的，同是孳生不已的意思。說文敘說字者孳乳而寖多，也是一樣的。但是怎樣孳生不已的？怎樣孳乳寖多的？為甚麼這樣就稱他是字？那末我們就不可以不研究了。研究字的一類，當分以下兩點。

文的變和省都可以稱為字。例如：

𠤎　人的到

匕　人的反

卂　省飛

𣎵　省木

从彳引

从大詘

从大詘

以上所舉的諸文，雖皆獨體，然必以他文為依，非獨立自在者，此從章先生太炎說。所以這許多文既然有變的，有省的，有以他形為依的，這就是孳乳寖多，不得不稱他為字了。獨體文生成以後的趨勢，於此已可見一斑，因變而孳乳，因省而孳乳，因以他形為依而孳乳。我們可以知道字之所由成功了。

2 文的合體和兩異字以上的合體都由此稱為字。例如：

果

石

白

眉

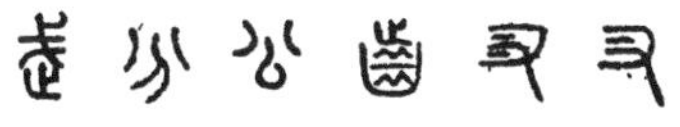

叉

叉古爪字

齒

公

分

武

這裏舉的所謂字者，都比較文的變和省而可以稱為字的進步得多了。姑舉數例，見得象形的合體，指事的合體，會意的合體，孳乳的趨勢就愈過愈多，再進而講到全部六書範圍以內，我國字體的孳乳，就可以澈底瞭解了。

問題

(一)文字最初的動機是甚麼？

（二）河圖畫卦為何不能稱為文字？

（三）整理或增廣文字的人，是否只有一二人？

（四）文字生成　前後是否有一定的界限可分？

（五）文和字的區別。

參閱的書籍

（一）許慎說文解字。

（二）王筠文字蒙求。

（三）王筠說文句讀。

（四）鈕樹玉說文解字校錄。

（五）田吳炤說文二徐箋異。

# 第三章　各體的演進

## 第一節　蝌蚪文

蝌蚪文者，是後人狀古代文字的名詞，不是在古代就有這種名稱。王隱說太康元年，汲郡民盜魏安釐王冢，得竹書漆字科斗文字之屬，（蝌蚪亦作科斗）這種稱謂，是晉人的俚語，就是說古代文字，粗頭細尾，好像蝌蚪之蟲的樣子。偽孔安國尚書序也說到蝌蚪文字，可見得後人用蝌蚪代古文字是很普遍的。現在我們就要確定古文時代的範圍了：大致從黃帝時代倉沮整理或增加文字的開始，一直到籀文以前，所有各時代演進的文字，都稱他為古文。不過其中可分為倉沮時代的古文，倉沮以後至唐虞時代的古文，夏代的古文，商代的古文，周代的古文；照晉代普通的稱謂，就統稱他為古代蝌蚪文字。今一一將其形體見諸記載的，約略記在下面。

## 一　倉沮時代的古文

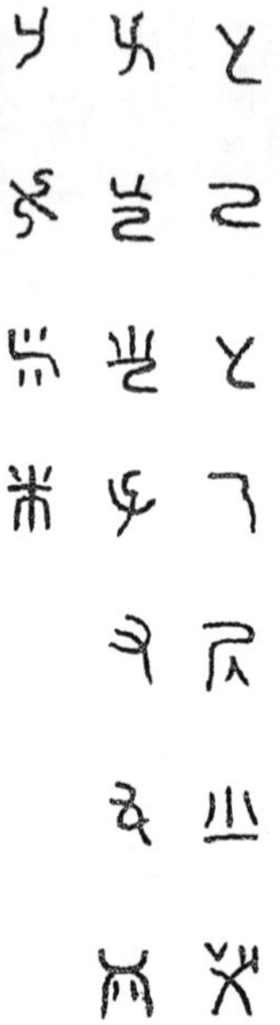

倉沮造字，為黃帝史臣，伊古以來，學者多宗之。今所舉倉頡書，是用以代表倉沮時代或稍後的書；因為朱楓著古金待問錄曾說過：周初有人於倉頡墓下得石刻，藏之書府，就是所傳的淳化閣帖中篆書；朱氏又說白水縣倉頡墓前廟亦有刻石，曾使人搨之，二十八字與閣帖同。其字與金幣中字同者，為[illegible][illegible][illegible]。後人謂倉頡書近秦人體中之小篆，似為武斷。倉頡書雖不可盡信，而因前人記載，得以略見古代字形的變遷。即如唐韋續云：太昊伏羲氏獲景龍之瑞，始作龍書；炎帝神農氏因上黨羊頭山始生嘉禾八穗，作八穗書；黃帝時因卿雲見作雲書；少昊金天氏以鳥紀官，作鸞鳳書；帝嚳高辛氏以人紀事，作仙人形書，車器衣服，亦皆為之以上所記載的，亦等於倉沮的書不可盡信，代遠年湮，本難稽考，但是古代文字的變遷，確是從倉沮前未有真正文字發生時，即遞變其符號以至於黃帝時代倉沮既生以後，為時勢需要，自愈變而愈近於有意義了。茲於黃帝雲書，少昊鸞鳳書，帝嚳仙人形書之外，特篆山陽金安陰金兩種字形，以代倉沮後至唐虞時代的形體。

## 二　唐虞時代或稍前的古文

泉布統志曾說過山陽金和安陰金兩種字形，必為三代以前之形體，據此用為代表唐虞稍前或唐虞時代之古文。

## 三　夏代的古文

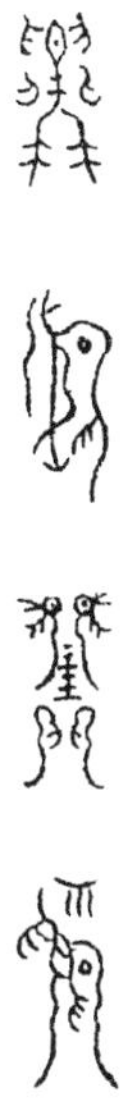

第一字為主字，以下僅錄蔣宣卿已釋出之『作瑚戈』三字，這就是薛尚功鐘鼎彝器款識所錄的瑚戈銘。

這是薛書所錄的鉤帶銘，銘，共有三十四個字，但這裏僅錄出金石韻府注明的十三個字，就是『察、册、命、敏、往、不、利、產、左、右、祭、賓、相』篆如上。

外此宋羅泌路史說述異記空同山有堯碑禹碣，淳化閣帖云有禹篆二十字，今閣帖上『出、令、轟、子、星、記、齊、其、尚』九字；而清王昶又說所藏岣嶁碑有四：一在雲南昆明，一在四川成都，蓋皆楊慎所摹，慎蜀人，又謫戍雲南故也。（按後人疑此碑為楊升庵僞造即因此）一在長沙，不知何人重勒。一在西安，康熙中毛會建所刻，昶皆親至其下，摩挲審視，拓而藏之。

案岣嶁碑為七十七字，明湛若水甘泉文集亦謂據諸家之說觀之，則大禹由岷山導江，歷湖入海，過南岳，登祭而刻石於岣嶁山，即此碑無可疑者。現在就以王昶所錄楊慎釋文參採沈鏓楊廷相郎瑛三本之原文錄之，學者可合閣帖存的九字以觀覽焉；其篆文則就本章末所舉之書名檢而閱之。

承帝曰咨（沈郎並云嗟）翼輔佐（楊云碩）卿洲（沈云水）渚（沈云處郎云降）與（郎云與）登（郎云發）鳥（楊云萬）獸（楊云有）之（郎云交）門（郎云行）參身洪（楊云魚郎云若）流（沈云池）而（郎云祁）明發（郎云癸）爾（郎云酉）興久（沈郎並云以）旅（沈郎並云此）忘家宿岳麓庭智營形折心罔弗長往求平定華岳泰衡宗疏事裒勞餘（楊云祇郎云錫）伸（楊云神）禋鬱（沈云贏郎云贏）塞昏徙南瀆（沈云暴）衍（沈云昌）亨（沈云言）衣制食備萬國其（楊云宇郎云道）寧（楊云

奠　竄楊云鼠　舞　永沈云蒸　奔

以上所錄的瑚戈銘和鉤帶銘兩種形體，近人顧實說是當出六國詭文，以為夏器固誤，淳化閣帖說的有禹篆二十字，（今止存九字，已見前）王昶所藏的四種岣嶁碑，人多以為偽，惟楊慎楊時喬安如山郎瑛諸人，極信岣嶁碑為禹時物。近人顧實亦說岣嶁碑非偽物，仍是六國詭文。余以為金石晚出，或非原始史料，然偽者必有所本，即六國詭文亦必有所本，存之以見古代形體之變遷，文化庶不至滅絕。近人蔣善國於龍鸞、八穗、仙人、魚鳥、諸荒渺難稽之書，亦謂足以略明中國古代圖形之迹，則不可誣也。這種詞論，是很有關係於文字進化的。

## 四　商代的古文

商代的古文，有商方卣，商鐘，比干銅盤銘，散氏銅盤銘等，其真贋亦各執一說，但於此諸器之外，商朝文字於文字學上最有力者，就是近世發見之甲骨文。王國維殷虛書契考釋序說：因甲骨上均刻有古文，稱爲殷虛書契，亦謂甲骨文。所刻皆殷先王卜占祭祀征伐行幸田獵日月風雨之事，當係太卜之所典守者。書契而加以殷虛者，羅振玉五十日夢痕說，清光緒二十五年，（西歷一八八九年），大批龜甲獸骨發見於河南安陽縣城西北五里之小屯，竹書統箋引相州圖經謂安陽在淇洹二水之間，本殷墟也。這就是史記項羽本紀說洹水南殷墟上的地方罷了。

甲骨文之著於世，最初由王懿榮的兒子名翰甫者盡售他的所藏甲骨千餘片於吾鄉劉鶚氏，後劉又因方藥雨趙執齋得三千餘片，於是就印了鐵雲藏龜一書。而以後續有所掘的，大抵盡歸於羅振玉了。研究此甲骨文字者，開始的是瑞安孫貽讓，繼之而精者，當推羅振玉王國維兩氏，（此事歷史尚多，以不在本書範圍內故不備錄。）由此以後，考訂殘文，稽索逸字，於古文形體上，驟增加了許多有力的證正，足以信甲骨文出土的功勞實非淺鮮！而涇縣胡韞玉在他所編的文字學上說他不敢貿貿然斷甲文是假，我看他亦未斷定甲文是真，因為他說若必定確信甲文是真的，必須經過兩種考驗：(甲)地質學家的考察：將龜甲入土的淺深考驗年代的遠近，(乙)化學家的考驗：將龜甲獸骨一一分析，考驗其變化的久暫，現在沒有經過這兩種考驗，僅僅根據文字的考證，多少總有點可疑。我以為甲骨文自孫詒讓發之，雖多未精確處，而他的創始之功，實在足以令人紀念；他的名原一書，就有不少從甲文作出的，另外還有契文舉例一書，後經過羅王二家，如王襄商承祚和吾鄉葉玉森陳邦懷等，均於此學有所闡發或補苴，歸納起來說，甲骨文對於歷史地理文字上證正的價值實在不小，而最大的效用，是能打破專己守殘許書的殘闕錯誤；所以甲骨文自劉氏影印鐵雲藏龜一書以後，繼續掘得者極多，就羅振玉所得的，有一歲之中竟在萬數以上，以後陸續得的更多於前。所以對於甲骨文應信其所當信，疑其所當疑，不過胡氏是一位虛心學者，那是值得敬仰的；這裏就是要將甲骨文舉例列在下面，以見商朝一代真正文字的形體。

關於殷帝王名者。

太甲　太戊　且乙

小辛　且庚　太丁

2 關於親屬稱謂者。

兒　女　兄

3 關於動物的約定成俗之名和肉體上構造者。

牛　羊　犬　血　角

4 關於植物者

木　果

5 關於器具者。

舟　弓　彈

6 關於人事者。

好　利　寧
福　祿　喜

7　關於動字靜字介字者。

入　步　洗　七　浴
小　高　正　昔　今
齊　各　相　在　之

以上就殷虛書契，凡於形聲義可知者，約略分類舉出例來，至於形義可知而聲不可知的，或於形聲義都是不可知的，姑從省略；不過於許叔重說文解字中，有可證明他抱殘守闕的錯誤地方，在這裏不妨舉出例子來，以見甲骨文關係却是不小。卜辭中有字或作諸形，亦或省作若近人以此為繇兆之繇之本字近是，而許書於繇則有聲無字；是可見他的殘闕一斑，再則賓字从止不从貝，牢字不从冬省，更可見許書必有待於甲骨文來補

殺了。

除去前所舉的真贗各執一說之諸商器而外，再舉比較可信的商鼎兩種，以結束商朝一代的文字，並且可以知道文字到了商朝，整理的成績，確有一部分比從前進步得多了。

商鼎一

商鼎二

## 五　周代的古文

吳大澂的意思，以為周代的古文，應分為周初和周末的兩派：周初一派，大致是金文中的文字，周末一派，大致是說文中的文字。周初的文字，見於金文者至多，如壇山刻石和曶鼎銘等，均相傳為周穆王時物，而尤以成王時代毛公鼎的形體比較真確。現在節錄他一部分，可見得周初和周末，在整理文字的情形上，是有點不同的樣子，周末的文字，或西周以後的文字，牽涉到籀文一派，俟於下節中再行詳論。

吳大澂釋為「肆皇天亡斁臨保我有周不巩先王配命愍天疾

畏司余小子弗及邦庸害吉」三十字。

## 第二節　籀文和奇字

### 一　籀文

漢書藝文志載史籀十五篇，班固自注說周宣王太史作大篆十五篇，志又載史籀篇者，周時史官教學童書也。清段懋堂注說文序也說過宣王太史籀著十五篇，所以從漢朝以來，都認為籀文是古文之後的一種形體；從未有人說籀文和古文是一樣的文字，但是由王國維出來做了史籀篇疏證序，他以為史籀不是文字的形體名稱，乃是文字的篇名，籀是讀的義，是抽繹的義，史籀篇的義，就是太史讀書的義，如司馬遷紬石室金匱之書一樣，劉向班固以史籀為重行改造文字形體之人，說他是生在宣王之世，是做的太史官，後人都是如此說法，那是很錯誤的。最奇怪的段懋堂說尉律諷籀書的籀字是訓讀書的義，而於說文序宣王太史籀著十五篇句，乃注之曰太史是官名，籀是人名，可見段氏尚未能認明籀文和古文是一樣文字的形體，王國維看清說文中有許多籀文，和商朝西周的文字比較起來並無甚麼特別的違異，何以見得宣王以來的文字，確有一個人重行將古文改造一下呢？雖然有人說籀文和古文有許多繁簡不同的筆畫，如，乃、古文作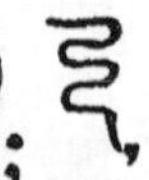，籀文作；敢、古文作，籀文作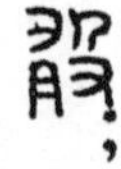；中、古文作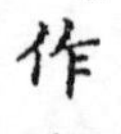，籀文作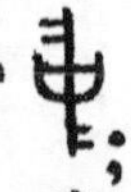；其實筆畫的繁簡，是隨時隨事可以變更的，是整理的人隨便增減出來的；不必古簡而今繁，亦不必古繁而今簡。如殷虛書契的文字的形體，都是象犬的形體；的形體，都是象馬的形體；從這樣例子看起來，何能說簡的形體在前，繁的形體在後；又何能說繁的形體在前，簡的形體在後呢？更不能說簡的形體是一個人造的，繁的形體又是一個人造的；羅振玉殷虛書契考釋說古人文字，已有繁簡兩種，其說甚當。而況石鼓文的字字字字字字等等，那就完全與古文無甚區

別了．近人顧實對於王國維籀文的見解，說舊說未盡為非，於是他就將史籀的人名與時代，史籀的書名與字數，特為解說一番；他也說由說文序才以史籀為人名的，他不過說王說僅僅與說文不相符合．其實王說與說文不相符合，是毫無關係，學者研究王氏的史籀篇疏證，顧氏發表籀文意見的文字，也應當瀏覽一下，可以知道籀文的經過．現將顧氏原文錄出來，做本節的籀文結束．

漢志史籀大篆十五篇，建武時，亡六篇，而盡亡於東晉之世，自來無異議．乃近人始有疑之者，（王國維史籀篇疏證）然大要有二事當明，則舊說未盡非也．

一、史籀之人名與時代

漢志謂史籀十五篇，周宣王太史作．又謂史籀篇者，周時史官教學童書也．是其於周宣王太史下，未著一籀字也．自說文叙云：『宣王太史籀著大篆十五篇』，始於太史下，著一籀字矣．漢書元帝紀贊注，應劭曰，『周宣王太史史籀所作大篆』則更言太史史籀矣．然則近人謂史

（天）

籀篇者，猶倉頡篇，其書開端，蓋云太史籀書（猶云太史讀書，籀讀同義，字亦作䌛），從而以發端二字名其書，為古書之慣例，言或億中，惟與說文不符耳。至宣王太史既作之，遂為周時教學僮書，考史記年表始共和，墨子引諸國春秋，亦上逮宣王而止，豈爾時固為西周之一新紀元歟。

二、史籀之書名與字數　倉頡以來字書無徵。（鶡冠子近迭篇云「倉頡作法，書從甲子」此恐術也，然六書有轉注，即倉頡有字書之證。）而史籀遂為字書之鼻祖。然漢人亦單稱之曰史篇，漢書王莽傳：「徵通史篇文字」，孟康曰，史籀所作十五篇，古文書，（此義詳下）說文奭匋姚三字，亦俱引史篇之說，皆其證也。（元帝紀贊元帝善史書，應劭曰，周宣王太史史籀所作大篆，王鳴盛十七史商榷誤據其說，非也，當以錢大昕三史拾遺謂史書即隸書之說為確。）至史籀十五篇之字數，考漢官儀云，能通倉頡史籀篇，補蘭臺令史，（杜佑通典引）與漢志言「太史試學童能諷書九千字以上，乃得為史」云云，說文敘言「學僮十七以上，始諷籀書九千字乃得為吏」云云，均合。惟漢志於乃得為史下，說文於乃得為吏下，皆言「又以八體試之』（漢志今本誤八為六）此則漢志明云『史籀篇者，周時史官教學童書』，故漢尉律承秦，而秦承周，其首云『諷書九千字』，蓋猶沿周制，次云『又以八體試之』，則秦人增益之制也。（漢世學僮猶最初學書，王充論衡自紀篇云「充為小兒，六歲教書，八歲出於書館，充書日進」，是其證也）又漢志或不以史籀為人名，故祇云『諷書九千字』，而說文以史籀為人名，故增伸之曰諷籀書。然則唐張懷瓘定史籀大篆十五篇九千字，（書斷）清桂馥釋之云『十五篇斷六百字為一篇，共得九千字』，（說文義證）均非空言巧合明矣。故曰舊說未盡非也。今說文所錄籀文，才二百二十三字，及艸部大篆从茻之五十三字，雖未免傳寫失真，而較之所錄古文或殊，比之今存金石龜甲古文亦微異。（羅振玉王國維說）大抵結體每涉繁複，象形象事之意少，而規旋矩折之意多，殆出西周尚文之時，而與石鼓秦刻石及說文所錄之篆文極近。蓋秦居西周故都，習用其文字，故以列八體之首歟。若夫宋翟耆年籀史，清莊述祖古籀疏證，孫貽讓古籀拾遺，吳大澂說文古籀補，皆錄金石古文，而合籀於古文，亦隱符孟康漢書注之說。

二　奇字

奇字就是壁中古文的異體，雖然篆勢奇譎，有乖正體，而從字例上看起來，亦各自有精義，當不僅僅從說文中求之，凡金文甲骨文中所有變體，繁則偏傍重複，駢枝為𥹵，省則瑑畫刪簡，形聲並隱，這都是舊稱奇字範圍以內的文字，若說文所錄，僅有儿兂𣅀仓晋諸文而已，現在錄孫貽讓論奇字一則，以見奇字是無違於字例的。

金文眉壽字，常見眉皆作釁，齊侯甗又作釁，此當為湄之異文，非从須也。蓋从頁从釁省，古音釁與敚音相近，周禮鬯人鄭注釁讀為徽，徽从微省聲。而微眉音同，春秋莊二十八年經築郿，公羊作築微。故金文眉作釁，唯散氏盤云，用夨國名戡散邑，迺即散用田，又云表封或釋為表于，又云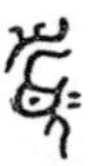井邑田，又云夨人有嗣田，又云凡十又五夫正，又云散人小子田，此文

字六見，奇詭難識，諦案之，蓋亦眉之變體也。舊釋為竟誤說文眉部眉目上毛也，从目，象眉之形，上象額理也。金文戎都鼎用妥眉彔作[illegible]，此上从[illegible]，即尸與鼎文[illegible]同，所謂象眉與額理也，从[illegible]者，即从頁，古文頁百首皆从目，意略同，此蓋从覺省聲，旁兩點非重文。田眉·眉田，正眉，當讀為堳埒之堳，堳埒見周禮大司徒封人鄭注，說文土部云，埒，庳垣也。無堳字，古蓋亦通用眉。謂於竟上築短垣為畺界，國語齊語云，渠弭于有渚，周禮典瑞云，駔圭璋璧琮琥璜之渠眉，眉弭，並與堳同，蓋掘地為溝渠，封土為堳埒，咸所以辨區域，盤文皆紀散與夨兩邑分田定界之事，故云用田眉矣。

## 第三節　小篆　隸書　真書

### 一　小篆

許慎在說文序中，說七國言語異聲，文字異形；秦初兼天下，丞相李斯乃奏同之，罷其不與秦文合者，斯作倉頡篇，中車府令趙高作爰歷篇，太史令胡毋敬作博學篇，皆取史籀大篆，或頗省改，所謂小篆者也從這段文字看起來，大概李斯趙高胡毋敬所作的，就是將從前的文字略加去取，求其不背於書同文的意思罷了，並非李斯趙高胡毋敬三人將社會上所通用之字，一一都重行改革一下。此理最易明白，因為最初創造文字的人，不僅僅是倉頡沮誦，倉沮不過代表而已；而改革社會上一切的文字，雖多數人也不容易做去，而況少數人嗎？王國維說史籀不是人名，籀文不是特別的一種形體，我人可知道小篆也不是李斯趙高胡毋敬諸人創作的一種特別形體，說文敘明顯的說取史籀大篆，或頗省改，既然說到史籀大篆，則古文就在其中，不待煩言了。既然說到史籀大篆或頗省改，就是小篆從古籀蛻化來的形迹，實在是很少的。說文於小篆下，不說古文籀文，或僅說古文而不說籀文，或僅說籀文而不說古文，固然是小篆同於古文籀文了，就是小篆下有古文籀文的，其小篆也即為古文籀文。張行孚駁段懋堂云：

段氏謂小篆之於古籀，或存之或省改之，其說固然，而又謂凡有古籀者，其小篆皆李斯所改省，豈篤論哉！信如段氏說則凡有古籀者，必其小篆皆非古篆可也，然今即說文考之，如玉周𠷎叡典女工目舞酉𠧪网辰子雨户匚馬金示養頁等字，其小篆下皆有古籀，而考諸古籀偏旁，則此玉周𠷎叡典工等二十二字，其小篆亦莫非古籀，如□為古文玉，而璿古文作璿，玕，古文作琿，即從王，周為古文周，而雕，籀文作鵰，即從周，□為古文𠷎，（如詩古文作□，信古文作□，皆从□，知□為言古字。）而譙，古文作誚，即從𠷎，殸為古文叡，而嚴，古文作嚴，即從叡，□為古文典，而腆，古文作□，即從典，巨為古文工，而巨，古文作□，即從工，□為古文女，（奴古文作□，姻籀文作□，知□為女古文。）而妻，古文作□，妣籀文作□，即從□，囧為古文目，而瑁古文作珇，即從目，□為古文舞，而廡，籀文作□，即從□，□為古文酉，而牆、籀文作□，即從酉，□為古文𠧪，而辭，古文作𤔲，即從𠧪，四為古文网，而置，

（天）

籒文作罶，即從网，□為古文辰，而農，籒文作辳，即從□，学為古文子，而嗣，古文作孠，即從子，□為古文雨，而霰，籒文作雩，即從雨，□為古文戶，而雇，籒文作鳸，巸古文作戺，即從戶，□為籒文匚，而篋，古文作医，即從匚，□為古文馬，而御，古文作馭，即從馬，□□為古文金，懲古文作□，從□亦為金古文。金，而鐵，古文作銕，即從金，□為古文示，而禱，籒文作顬，社，古文作袿，即從示，□為養，而漾，古文作瀁，即從養，賷為古文頁，顏師古作𩔃，頻古文作爑，皆從賷，知賷為頁古文。而頌，古文作額，即從頁，凡此有古籒者，其小篆即皆古籒，證據並在本書，可覆按也，然則謂有古籒者，其小篆皆李斯所改，豈其然乎。

從張行孚的說，篆文下就是有古籒的篆文也即為古籒。至於他說的說文之字，有已廢為古籒，而見於小篆偏旁者，有仍作為小篆，而見於古籒偏旁者：如於，古文烏，而菸淤等字從於，癸籒文□，而睽揆等字從癸，如孩，古文咳，而子亥為小篆，雱籒文旁，而雨方為小篆；這就是說於癸巳廢為古籀，而仍見於小篆菸於睽揆等字的偏旁，子亥雨（天）方仍作為小篆，而見於古籀孩雩的偏旁。他雖然說小篆即為古籀，是沒有分別的，但是說文序所謂或頗省改者，就是古籀見諸小篆的偏旁，或是古籀的偏旁仍作為小篆這一點變遷罷了。李斯等的目的，是要書能同文，庶幾公私文字，可以劃一，倘若任國家和民間隨便亂用歷代增益的異體古文，怎樣能劃一呢？所以李斯等只有整飭，絕沒有創作，只要看到小篆的一二三，確為最初的古文，而弌弍弎反為後出的古文，足見當時能劃一的通行文字，就是最初古文也要存留他為小篆，這樣看來，小篆那裏是李斯等創作的？現在所存的嶧山碑秦權量詔版文字，都是已經成功的劃一通行的文字啊！

## 二　隸書

隸書和小篆，同為秦代文字形體上發生的一種新名詞。許慎說文序說秦燒滅詩書，滌除舊典，大發吏卒，興戍役，官獄職務繁，初有隸書，以趣約易，而古文由此絕矣．蔡邕聖皇篇說程邈刪古立隸文，王僧虔也說秦獄吏程邈善大篆，得罪繫雲陽獄，增減大篆，去其繁複，名曰隸書，由是人都說隸書是程邈所作的．其實文字從倉沮代表創造最初的形體後，就逐漸變而為唐虞前後的古文，三代的古文，周宣時代的籀文，秦李斯等的小篆；雖然歷代增益的文字不少，而大體上總是有蛻化的痕迹，絕無在某一時代特創了一種前無淵源後無繼續的形體．不過秦代的隸書，確是比較從前變化得格外利害一點．因為隸書古籀小篆之後，他的筆勢由圓變而為方，於是造字的謹嚴例子，就不得不破壞了．如上象兩角和頭的形，下象封尾的形，而隸書變為牛，與篆文上體的象形就不同了，象人的脛臂形，而隸書於去赤諸文均變為土，與造大字的本意是不相合了．的外形本象口，內形本指美食，而隸書變為甘，是有違於指事的例子了．本从土，𢍏聲，本从人在宀下，从茻上下為覆，下面有仌，而隸書變為塞寒二字，

是除土和㕣外，彷佛所从的完全是一樣，這不是將形聲會意的例子破壞了嗎？隸書如這樣違背象形指事會意形聲，是很多的，這裏不過舉牛大甘塞寒諸字做一個例子。所以說文字的形體變成隸書比較古文籀文小篆變遷得利害，他的好處，是書法便捷，可以佐篆書不逮，因之隸書亦名佐書。壞處就是古人造字的例子難以復見了，這都是因筆勢由圓變而為方的自然趨勢。但是隸書雖然變得利害，我人反可以從他變得最利害的，如上舉牛大甘塞寒諸字，指出他變遷之迹。其他隸書如於云岳求朋，都是見諸古文的。如烏雲嶽褎鳳，都是見諸小篆的，如同從，如㘸坐兕，都是隸書從古文，如戎卓早，其下形十，都是隸書從古文，不是從小篆。甲，作戓𠧪㫗，所以程邈在雲陽獄中增減大篆一件事，就是將從前所有的文字，取其不妨礙隸書由圓變為方的形體罷了，但未必是程邈一人做完的。不過程邈此風一開，凡為秦吏而作書者，幾無不取其便捷，使屈曲者變為平直，繁多者變為簡少，篆文[illegible]變為長和镸兩種形體，篆文[illegible]和[illegible]是兩種形體，而變為故和致的右邊偏旁、成了一種同樣形體。其他作夫的，包括奉泰奏春所從各異的字，作巛的，包括魚鳥馬然形體不同的字，更不可以枚舉。秦代的隸書，在當時真認為難以究其極了。若水經注說人有發古冢其棺的前和題齊太公六代孫胡公之棺，惟三字是古，餘同今書，有人以為周穆王前即有隸書，這話頗靠不住，所謂同今書者，就是隸書從古文的，又六國貨布文，結體有近於隸者，也是隸書從古文無疑的。

隸書之外，又有一種八分書的名稱。王愔說用隸書作楷法，字方八分，張懷瓘說八分減小篆之半，隸又減八分之半，吾邱衍說隸書未有挑法者，稱為八分，包世臣說蔡邕變隸而作八分，八宜訓背，言其勢左右分布相背之意，劉熙載康有為說八分非定名，漢隸當小篆之八分，小篆亦大篆之八分，今隸亦漢隸之八分，古今法書苑又引蔡文姬說她的父親邕割秦隸字八分取二分，割李篆字二分取八分，於是為八分書，諸家解說，紛如聚訟，實際上應以吾邱衍說為近理。秦代的隸書，無點畫俯仰之勢，字的八面，都要能分布整齊，是謂八分，仍是隸書未有挑法前的一種別稱，姚鼐說正之以六書之義，取於篆隸之間，這種解說終嫌拘泥，而且八分是屬於筆勢的，不是說文字的構造，在文字學上，却無多緊要。

三　真書

真書本與隸書無別，亦名正書，又名楷書，所以秦漢的隸書，可稱為古隸，漢以後的真書，可稱為今隸。他的變遷，大致是點畫俯仰，運以筆法，就是所謂挑法。至於他破壞造字謹嚴的例子，比未有挑法前的隸書，只有加甚，而無不及。世所傳書法有南北兩派，就是說真書的筆勢。

第四節　草書　行書　附論秦體新莽書

一　艸書

衛恒曾說過艸書不知作者姓名，江式亦說過莫知誰始。惟蔡邕曾說，昔秦之時，諸侯爭長，簡檄相傳，望烽走驛，以篆隸之難，不能救速，乃解散隸體麤書之，存字之梗概，損隸之規矩，縱任奔逸，赴速急救，因有艸創的意義，於是稱為艸書。大約艸書所自始，是起於秦之末年，無疑義了。若欲考其發動最初的時代，則論語裨諶草創，史記上官大夫奪屈平草稾，在秦末之前，已有逐漸變化的事實可考，至於後世所稱為章艸今艸兩派，一則以東漢時代，曾以艸書用之於章表，一則以張芝所作，比較章表的艸書，尤加流速，上下牽連，或借上字的終了，而為下字的開始，所以章艸捷於隸書，而張芝的艸書，尤捷於章艸，是即謂之今艸，長於此者，前有史游，後有張旭懷素，均可目為艸書名家的先哲。

## 二　行書

艸書自唐世以來，張旭懷素等雖為名家，但頗有任情損益字形，恣意鈎連的弊病，而真書又過於拘謹，所以宣和書譜云，自隸法掃地，而真幾於拘，艸幾於放，極以行書既不如艸書的狂縱，又較真書為簡率，認行書是居於真艸二者之間的一種書法。若論其創始的由來，則還不如艸書之有迹可尋，大約在史游張芝到王羲之的時候，即已發生此體。張旭懷素以後，人多以艸書狂縱莫可辨識，於是大家用行書施之於簡札之中，尤為數見不鮮。

外此又有秦書八體，就是大篆、小篆、刻符、蟲書、摹印、署書、殳書、隸書等名目。新莽居攝，頗改定古文，時有所謂六書者，就是古文、奇字、篆書、繆篆、鳥蟲書、左書等名目。從比較上看來，秦書的大篆，與新莽的古文和奇字，都有存古的意思，而新莽的繆篆，就是秦書的摹印，鳥蟲書就是秦書的蟲書，但是繆篆和鳥蟲書，又可包括秦書的刻符、署書、殳書、三種，至於篆書和小篆，左書和隸書，則又完全相同。

案秦之八體，就是漢志史籀十五篇下所次的八體六技，八體就是上文說的秦體八種，六技就是除掉秦體的大小篆而單言其他六種，因為這六種是不能完全與大小篆相背的，而各自為體實較大小篆詭變得多，學者看見漢志所載的六技，不必疑到秦體之外另有其他六種形體，新莽的六書是包括秦體的八種，上文已經說過，不是與六技相對，六書的名稱有幾種，周禮保氏有六書，文字學上有造字法的六書，都是同名異實，秦保存大篆而最重小篆，以為古文就在其中，新莽也是最重小篆而進一步保存古文和奇字，以為可以包括籀文，但十五篇的籀文竟由此亡掉，那就是文字在避難就易避舊趨新的時代，有保存文化之責者，不得不任其咎了。

問題

(一)何謂蝌蚪文？

(二)各時代的古文及其變遷進化之迹。

(三)要證明許慎說文解字的殘闕應當研究何種文字？

(四)史籀非人名是否可信

(五)李斯以後的各種形體之辨正.

參閱的書籍

(一)顧實中國文字學.

(二)蔣善國中國文字之源始及其構造.

(三)淳化閣帖和王昶金石萃編.

(四)商承祚殷虛書契類編.

(五)羅振玉殷虛書契精華.

# 第四章　六書大意

## 第一節　六書通說

文字學上六書的名詞，向來有幾種稱謂不同，在漢代載籍上時常見得到的，共有三種：(一)班固漢書藝文志，稱為象形、象事、象意、象聲、轉注、假借。(二)許慎說文解字叙，稱為指事、象形、形聲、會意、轉注、假借。(三)鄭眾周官保氏注，稱為象形、會意、轉注、處事、假借、諧聲。三家所稱，不獨稱謂上有殊異之處，就是排列的次序也有不同之點，現在我們究竟遵從那一家呢？從前人都以許說為優，惟近人朱宗萊云：「鄭氏之說亦非有誤，蓋處事者，謂處置其事也，物可象而事不可悉象，著於竹帛，宜有定形，則必以意以處置之，斯即指事之恉也。諧聲者，謂以文字之聲，諧語言之聲，古者未有文字，先有語言，後人造字，因音制形，既以一體明事物之義，復以一體諧語言之聲，此所謂諧聲也。」又云：「班氏於前四書悉名為象，似涉函胡，然指事之文，蓋由象形而變，謂之象事，未為巨失，會意合數字之意，以象一字之意，形聲用一字為聲，以象語言之聲，則名以象意象聲，亦無不可。要之班鄭命名，義各有當，慮有所受，非同妄作，唯其函義皆不逮許氏周密具足，故今定從許氏』朱氏於鄭班二家，頗能道出他們的優點，但他最後又說二家究竟不如許氏的周密，這還是以許說為優一種相傳的見解。其實人所以遵從許說的，因為自東漢以後，凡研究文字學的人，都離不掉說文解字這部書，遂不期然而然的都遵從許說了，這是許說固定最正確的原因，後人卻也不必再輕易改了他，再看到三家所說的六書次序，人都以為鄭說最為淩雜難解，班許兩家不同之點，惟班首象形，許首指事會意形聲，先後互異而已。今於三家的次序不妨約略說一說。近人顧實對於鄭的次序，被世人詆諆，很盡力的替他呼寃，他說鄭的次序有兩種精義，第一是象形，轉注，會意三者，得以一類字貫之，引用說文敘說的『依類象形』於會意說的『比類合誼，』於轉注說的『建類一首』來證明他第二是指事、假借、形聲三者，得以一事字貫之，引用說文敘於假借說的『依聲託事』於形聲說的『以事為名』來證明他至於指事是本來名事，就不再證了顧氏於鄭的次序，確有獨到的見解，他以為能闡鄭司農千年未闡的墜緒，實有相當的可信，不過比較班許的次序，說起來是有點不大便當，因之遵從鄭氏的却是少得很，至於班先象形而後指事，許先指事而後象形，從來有許多人辯論這一個問題其實辯論者是辯所不必辯。指事象形都屬於最初之文，有許多的象形字因指事而成者，也有許多指事字因象形而成者；若必說象形為物，指事為事，物是實的，事是虛的；虛的一定是在實的之後，這未必是靠得住的。因為人是有理智的，不是無知的動物。顧實說許君是哲家就是這個意思。會意形聲，也不能強分先後，形聲的字，有以會意字為聲的，會意的字，也有以形聲字為意的，所以張行孚說『會意形聲，勢均力敵，絕無先後。」這話是很對的，而研究文字學的人，都是遵從許的次序，是與遵從他的六書名稱一樣的意思，並無其他特別的原因。轉注、假借，當然發生在前四書以後，前人每云指事、象形、形聲、會意、是造字之體，轉注、假借、是造字之用，就是說轉注、假借根據前四書而發生的，無前四書，就無轉注、無假借，這樣說法，實在不能明白這二書造字的意義，於假借則不能澈底瞭解，於轉注則以造字為不造字，所以章先生太炎說六書將殘而為五。這大約是由段玉裁輩以互訓為轉注的原因；我們再想一想，六書的名稱，究竟怎樣發生的，這是可以斷定古人絕不是先定有六書之名稱，而後依他的類別造出許多字來。中國文字發生，遠在倉沮以前，是商周之間的學者，因為古人已造了許多字，於是整理而類別之，定以六書之名稱，使人知道造字的例子，這却是整理文字學的一大進步。猶文字本有疊韻，而後陸法言才定為二百六部，本有雙聲，而後釋守溫才定為三十六母，中國本有國故，而後吾人才用科學方法整理之，範圍之．研究文字學的青年，知道六書的名稱和類別，是這樣成立的，其於六書造字的例子，真不難迎刃而解了．

## 第二節　指事　象形　形聲　會意

一　指事　歷來講指事的，都容易混到象形和會意上去，就是大徐小徐都有這一種弊病，所以王筠說他們不知道指事，並不是沒有根據的．叟以會意定指事，非指事純例，叀以會意定象形，巴則純乎象形，二徐都分不清楚，都渾而言之為指事，看到繫傳和大徐的說文就明白了．近來講六書的，對於指事，比較從前清楚得多，知道實物寫形則為象形，雖物也而以懸想定體，則為指事，然大致都不出王筠所發明的範圍．因為王筠發明指事有正例，也有變例，而變例之中又可分八類，他曾有重要的話發表，就是根據許君『視而可識察而見意，上下是也』三句意思推出來的，他說『上下本非物也，然視之而已識上下之形，兩畫既皆非字，則幾無以為義，然察之而已見上下之意。總之以大物覆小物，以大物載小物，於是以長一況大物，以短一或丨況小物，了然於心目間，而無形之事，竟成為有形之字矣。然而短一縱橫惟意，長一可橫不可縱者，何也？此小大之辨也。博者必厚，其縱數不待表而著，小物則或博而卑，或狹而高，要為大物之所能覆載而已。試觀天之下，地之上，山嶽則巍然峙也，是丄丅之形也，邱陵則逶迤相屬也，是二二之形也。明乎此，而指事不得混於象形，更不得混於會意矣。」他於二丄二丅兩體說出指事的實際來，真是發前人所未發，因為他能見到古文二二篆文丄丅短畫縱橫的原因，證明丄丅非古本切之丨於悉切之一，所以才能不混到象形和會意上去。茲將指事正例變例的字，略變通王說，錄在下面：

正例指事　正例指事的字，就是一種形體，不與他形體相合，不屬於象形，而能寫出意中之形，又非屬於會意，這叫做正例指事。正例指事的字，與象形字是同時而生的，一定是無分先後。（本書為便利計，故從許君以為指事列於六書之首。）例如：

一（二）許慎云：惟初大極，道立於一，造分天地，化成萬物。段玉裁云：一之形，於六書為指事，我們現在可以說初文的一，就是欲表現意中的一個總括形，吾道一以貫之，天下一致而百慮，都是這個一。所以稱為指事。

二（上）許慎云：高也，此古文丄，指事也。段玉裁云：天在上，地在下，地在上，天在下，則皆為事（參閱前指事文中王筠二三二字說）

二（下）

丨（丶）許慎云：有所絕止，而識之也，音知庾切，大凡事物有可否從違之處，心中已有了決定的一條路了，故用丨以指示意想中之形。

冂（冖）許慎云：从一下垂，段玉裁云：一者，所以覆之也，覆之則四面下㫃這就是指覆而下㫃的事.

中(中) 許慎云:内也,从〇丨,下上通也,〇和丨可以代表一切事物,
這裏就是指丨在〇中的事

冂(坰) 許慎云:邑外謂之郊,郊外謂之野,野外謂之林,林外謂之冂,
象遠界也,顧實說一無邊界而冂有之,就是指象遠事,王筠說:衹
畫其三面者,與〇相避也,亦能得指事之恉.

㐫(凶) 許慎云:惡也,象地穿交陷其中也,凶惡本為抽象之義,抽象
而以地穿和交陷之形假定之,所以段玉裁說凶是指事,王筠說:
乂非古文之五,凵非口犯切之凵.

亼(亼) 許慎云:三合也,从入一,象三合之形,段玉裁說:似會意而實
象形是不對的,王筠說:所以知為指事者,以三筆合之作亼形,以
三墨合之,亦作亼形,豈如山川日月之有定形哉,這就是以意中
的三合定為亼字,所以亼為指事而非象形.

(厶) 許慎云：姦衺也，韓非曰：蒼頡作字，自營為厶，則不公，不公而以意中曲而不正的形表現之，所以為指事。

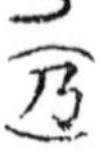(乃) 許慎云：乃曳詞之難也，象气之出難也，段玉裁說气出不能直遂，王筠說乃字屈曲以象其難，這也是以意中屈曲難遂的形，而指出曳詞的事來。

變例指事　變例指事的字，不是僅僅以意中的虛形而指出實事來，乃是一種指事的字，有二個或二個以上的合體，其各個體又不能成文，或至少有一個不能成文，這都是屬於變例的指事。變例的意思，就是指事組織的原素，不是單純的，有的兼形，有的兼意，有的形意並兼，有的形意聲並兼，還有一切的省體、增體、反文、倒文，都是和正例單純的不同，都可稱他為變例指事。以下所舉的，就是屬於這一類。

1 兼形的指事

  不和至兩個字，王筠說：『借象形以為指事者也，

不字的一猶天，至字的一猶地，不似它字直訓為天地，則（天）有鳥高飛，不必傅於天，而已不可得也；飛鳥依人，不必漸於陸，而已為至也」不字的事殊難的指，惟借鳥飛不下之形以象之，乃能造為此字，至字是鳥飛由上向下，也是從不字推彷出來的，所以不和至兩個字，實在是指事兼形的字，而事比形多。

2 兼意的指事

 嵒字是以會意為指事的，多言本是品字本義，今嵒從品相連，是從山的形指出來，因為山，不是山水的山字，是不成文的一體，山水的山字，篆作，今知山非字，但於品的會意外，指出他三口相連之事罷了。

3 形意並兼的指事

 高字是借形以指事，而又兼會意，象臺觀高的形，冂是坰界的冂，口與倉舍同意。段玉裁云：倉舍皆從口，象築也。這個字

的事本無從指出，只好就臺觀高的形加以界地和築基的意指出他的層高之事．

4 形聲意均兼的指事

 犛字是借形、借聲、借意、以指事，因為犛牛的事，是很難指出的，只有借牛的意，的形，(繩形)從玄聲，犛的事就指出來了．

5 省體的指事

 夕字從月半見，訓為莫的義，凡半木半月，都是坿月木為形，以起其事，此莫夕月未全見，所以省月以指其事．

 凵字是張口的義，許君說象形而實為指事，因為人仰面欠伸的時候，張口气悟，看不見他的上面，所以凵和夕同為省文指事．

6 增文的指事

 刃字是刀堅也，刀堅才可稱為刃，丶本不是字，但指其

刃之所在的事罷了．

7 反文的指事

𠂢 𠂢字是永字的反文，水之衺流別也，正與永為長流的義相反，所以從反永以指其事．

8 到文的指事

匕 匕字是從到人，變也，人而到，就是變化的意思．所以從到人以指變化之事．

二 象形 象形和指事二書，是無分先後，在前已詳言之．因為造字之初，有可象的形，有不可象的形．不可象的形，而以意中的虛形想像之．這固然是屬於指事的範圍；就是可象的形，也是由於意中先動了繪畫的思想，而後才能將實物的形表現出來．這是造字之初的一定步驟，所以說許君於六書次序有哲理的思想，好像是不能不承認的．許君說：『象形者，畫成其物，隨體詰詘，日月是也』他所謂隨體詰詘者，就是於物形的全身或一體，都能繪畫得酷肖，人人容易認得他，這是象形的本質。從前有人將物類全體的象形，說他是象形，將物類一支或半體的象形說他是指事，這是不對的。因為象形的文字，有單純的、有不單純的；就是王筠說：有正例的，也有變例的。有迎而視之之形，有隨而視之之形，有視其側面之形，有變橫為直之形，有省多為少之形，有兼聲或兼意之形，這都是說正和變的各種象形。其實段玉裁也說過有獨體之象形，有合體之象形，可見象形不是一種，不能以一支或半體的不是象形。但是自篆隸互隸以來，字形漸漸失去了本真，這是應當從說文、非贗鼎的金文、和近年新出的甲骨文字，博采旁稽，才能知道文字變遷的真迹，茲參合王段和諸家之說，以舉象形之例。

正例象形　正例象形的字，就是許慎所舉的日月兩字，和其他獨體的單純象形字，乃是不兼意兼聲，而又無一切的變化。例如：

⊙（日）　許慎云：實也，太陽之精不虧。段玉裁云：○象其輪廓，·象其中不虧，日形是圓而實，所以日字是單純的象實物形。

（月）許慎云：闕也太陰之精。釋名云：月、闕也滿則闕也月形常闕，圓滿時少，所以畫闕形以象之。

（雨）許慎云：水從雲下也一象天冂象雲水霝其間也。段玉裁以氺為水字，這是根據許說解釋的，實則從古文看起來，其內部完全為雨點降落之狀，則篆文氺亦如古文之象形，而非從巛變出來的，惟王筠說丨為地气上騰，恐未必然。

（云）許慎云：山川气也象回轉形，就是象雲气回轉，今畫家猶多作狀者。

（山）許慎云：宣也宣氣散生萬物，有石而高，上象其高峯，下象其洞穴。

（厂）許慎云：山石之厓巖，人可居。又於厓下云，山邊也巖下云，厓也，所以王筠說厂之峭直者山之體，橫出者崖之形。

（水）許慎云：象眾水竝流，中有微陽之氣。

（人）許慎云：此籀文，象臂脛之形。上象臂形略短，下引而長者象脛，側視之，似立人形。

（子）李陽冰云：子在襁緥中足併也，王筠說：子有首有身有手足，小兒之手，不能下垂，故上揚以象之。其實古文小兒手并非不能下垂。金刻文也有兩足垂手形，不過小篆的形變為上揚，所以與古文金刻文略有不同。

（鳥）許慎云：長尾禽總名也。又云：隹曰短尾，鳥曰長尾，隹不畫足，而鳥畫足，是因尾長則足高，故畫形以象其足。王筠云：上象頭，左為喙，中為目，右四筆，其一為翁，二三為翼，其四為尾。

（瓜）象外蔓內實形，許慎因為象瓜瓞象蔓為人所易知，所以於說文中不再言之。徐鍇說：外象其蔓，中象其形，就是說瓜的全體象形。

刀（刀）象刀有柄和鋒刃之狀，而刀亦有環，所以籀文从刀為[illegible]，就是象刀環形。

瓦（瓦）段玉裁說：象卷曲之形。王筠說：「瓦之為物，其坏為圓形，劃為四而不絕之，既乾之後，乃就所劃之處，敲而坼之，故瓬瓦合四而成規，瓬瓦則不然矣」從字形看起來外象屈曲，中象界畫，乃是劃而未絕最初時的圓筩形。

變例象形

變例象形的字，不是僅僅一個單純的象形，是除了單純的象形之外，還有兼意的象形，意和聲均兼的象形，省文象形，增文象形，假文象形等等。以下所舉的，都是屬於這一類。

兼意的象形

果　果字是由上體〇形，而加以木，是象果熟時候的坼紋形，和方形的田字是不同的，但恐有點相混，所以加木以見意。

石字本是以口象石形，但物象口形甚多，加厂就是表現在山崖下的口形.

2. 意和聲均兼的象形

齒 段玉裁以从為齒,其餘為口,前人已證其誤此字下體除為象形外,凵為口犯切之凵,中一乃上下齒間之虛縫口張齒即見.這是兼意加上體止,就是止聲.

龍 龍之[illegible]象蜑蟺鱗爪飛騰之形,六十年骨全則蛻,故從肉以見意加辛,童省聲.

金 [illegible]是表現八(金形)在土中意,從今聲.

3. 省文的象形

虍 虍為虎文,徐鍇云:象其文章屈曲也,這是省去虎的內部八,而象虎皮的文采.

4. 增文的象形

羊 這是由羊字減省,而變為象羊角形.

臼是為米設的,因為外象臼形,和去魚切之凵口犯切之凵都相似,所以增加米形於其中以象之.

矢、阻力切,从大而加以ㄣ,表示頭傾之象.

夭.於兆切从大而加以𠂆,象首夭屈之形.

5. 假文的象形

尸字是假的橫卧之形,屍當為後起的字.

県字是假𦣻斷了懸挂的形.

尢、烏光切,是假大字右邊一畫偏曲形,象人的一脛偏曲,就是跛者,跛者多由於脛之曲.

坿加說明: 以上所舉的指事和象形,其出於變例中的,如指事兼形、或兼意或形意並兼或形聲意並兼,都是因為所兼的不重,仍以事為重,所以屬於指事.象形的兼意或兼聲和意,也是所兼的不重,仍以形為重,所以屬於象形.至於兩書組織的例子,正和變是兩書共有

的，而前人每於象形的文字，不獨分出他的組織方法，又有時分出他的性質來，這也是因為象形是實物，比較容易顯著的。

鄭樵分象形為十種

*a* 天物之形　日月云回等是。

*b* 山川之形　山嵒丘广厂𡿨巜等是。

*c* 井邑之形　井丹田啚畕畾𤳳等是。

*d* 艸木之形　㞢才屮丯耒木卤朿等是。

*e* 人物之形　人儿兒皃面𦣻等是。

*f* 鳥獸之形　鳥烏馬朋舄萑隹卝丫采羊莧牛等是。

*g* 蟲魚之形　魚虫蜀它龜龍等是。

*h* 鬼物之形　鬼甶是。

*i* 器用之形　弋戈丨乚甾瓦几囧等是。

*j* 服飾之形　衣君衰巾市帶㡀等是。

考鄭樵於象形的分類，共有三類：(1)正象、(2)旁出、(3)兼象。上所舉的十種實形，就是屬於(1)正象類，雖然分得煩瑣一點，而皆有實形可象，所以能分出他的性質。王筠於正例象形中，亦分出天地類之純形，人類之純形，羽毛鱗介昆蟲之純形，植物之純形，器械之純形。這都是因為象形是實物，心中起了一種繪畫的思想，就有辨別性質的可能。所以舉出鄭王兩家象形性質的分類來，以見形的性質比較事的性質，是容易顯著得多了。

三　形聲　聲音本是起於未有文字之前，其來也可以說與天地同始。先哲依聲造字的例子，是數見不鮮了。有上下的聲音，而後才有上下指事的文字。氣和舌并而上升則為上，下降則為下。有日月的聲音，而後才有日月象形的文字。日者實也，月者缺也。就是會意字造成，也都是先有其聲，并不是等到字造成功之後，才定他的聲音。許君說：「以事為名，取譬相成，江河是也。」這一類的字，就是一邊取一個字的意義，一邊取一個字的聲音，兩體合起來，所以就稱為形聲字。形聲字和指事象形的字，並不混合。因為指事象形是獨體字，形聲字是合體字。合體主意是會意，合體主聲是形聲。如江河，就是合體主聲的字，人看見了江，已經起了江的聲音，於是以水為名，取譬工的聲音以成其名。看見了河，已經起了河的聲音，於是以水為名，取譬可的聲音以成其名。其有既取一字的聲音，又兼取其意的，這仍是以聲音為重，可以稱為形聲兼會意。最多的形聲字，就是一形一聲，如許君所舉的江河是也。此外有一形二聲的，有二形一聲的，有二形二聲的，有三形一聲的，有四形一聲的。大致都是以聲音為重，而不屬於形聲兼會意的範圍。茲舉例如下：

一　一形一聲的

　普、日無色也，从日，並聲，就是取譬於並以相成。

　柯、斧柄也，从木，可聲，就是取譬於可以相成。

　螾、側行也，从虫，寅聲，就是取譬於寅以相成。

 固四塞也，从口，古聲，就是取譬於古以相成。

以上所舉的一形一聲，和許君所舉的江河同一例子。

## 二

一形二聲的

 籀文盧，从皿，虍、鹵省都是聲。

 誰也，从口， 又都是聲。

## 三

二形一聲的

 碧石之青美者，从玉从石，白聲。

 涅，墨在水中者也，从水从土，日聲。

 詹，多言也，从言从八，产聲。

 旁，从二从闕，方聲。段玉裁云：闕謂从冂之說未聞也。李陽冰曰：冂象旁達之形也。二和冂都是形，所以是二形一聲。

## 四

二形二聲的

 竊，盜自中出曰竊。从穴从米，禼廿都是聲。

五　三形一聲的

寶　寶、珍也，从宀从玉从貝，玉和貝都在屋下，所以是三形，只有缶是聲。

六　四形一聲的

尋　尋、繹理也，从工从口从又从寸，工口亂也，又寸分理之也，這是四形，彡是聲。

七　形聲兼會意的

薪　薪、蕘也，从艸，新聲。新、取木也，既取新聲，又从其聲以見意。

嫁　嫁、女適人也，从女，家聲。詩周南桃夭篇，之子于歸，宜室宜家。所以嫁字既取家聲，又兼其意。

惇　惇、厚也，从心，𦎧聲，𦎧有厚意

醇　醇、酒之厚者，从酉，𦎧聲，𦎧有厚意。

諄　諄、告、誠之殷也，从言，𦎧聲，𦎧有厚意。

還有賈公彥的周禮正義，因為形聲字的部位不同，他就分出部位來：一曰左形右聲，如江河。二曰右形左聲，如鳩鴿。三曰上形下聲，如草藻。四曰下形上聲，如婆娑。五曰外形內聲，如圃國。六曰內形外聲，如闌闠衡銜。王筠曾於第六式加以糾正，說闌闠仍是外形內聲，衡銜則純乎會意。當易以聞問等字。這話是對的。不過形聲字一定講到部位，是太拘泥了。例如謀字，古文為[illegible]。篆文是左形右聲古文是下形上聲，同一的字，而不能得到聲的同一部位，可見得部位是與形聲組織的精微無大關係。

四　會意　會意者，是會合二字或二字以上至三四字之義，以成一字之義。許君說：「會意者，比類合誼，以見指撝，武信是也。」如比起止戈的兩類來，又聯合止戈這兩字的義，就可以見出心中所要指向的是威武。比起人言的兩類來，又聯合人言這兩字的義，就可以見出心中所要指向的是信實。因為由上古以至中古，文明大啟，制禮造物，文字的用處更廣，因而感覺到從前的獨體文，不足以應付一切新發生的名物，乃就已有的文字，施以形聲會意的兩種用法，於是文字孳乳得多了。下面就是舉的會意幾種例子：

一　會合二字見意的

公　公、平分也，从八从厶八即背也，所謂背私為公。

天　天、顛也，至高無上，从一从大，以見沒有再比天大的了。

走　走、趨也，从夭从止，夭者屈也，止者足也，足屈是因為趨之疾，所以釋名說：徐行曰步，疾行曰趨，疾趨曰走。

介　介、畫也，从人从八，八者分也，是人各守其所分之意。

二　會合三字見意的

老　老、考也，七十曰老，从人从毛从匕，這是表現人須髮變白的時期。

祭　祭、祀也，从示从又从肉，示為神事是會合手持肉為神事之意.

祀 祭之贊詞者，从示从人从口，是以人口交神之意.

筋 筋、肉之力也，从肉从力从竹，以見竹物多筋之意.

三 會合四字見意的

㙻 㙻、二畝半也，从广从里从八从土，广為屋，里為居，八為分，八土就是分土．這是會合四字以見民分土營屋而居之意．

曓 暴、晞也，从日从出从廾从米，這是因日出而用手捧米曬之之意.

以上所舉的，除去天、公、走、介、四字，雖不是如武信會合的例子，而大致仍是從武信方法會合起來的．以下就舉出兼事、兼形、兼聲、的各種會意字，是和上面會意字用的方法不同了．

四 會意兼事的

葬 葬、臧也，从死在茻中，一其中，所以荐之．段玉裁說「荐艸席也有藉義」所以葬字是會合死茻以見意，又用一指其所荐之意.

 畫、介也从聿，象田四界，既會聿田以見意，又指出田外的四界.

五　會意兼形的

 侯、射侯也，古禮射時張之以受矢者，从人从厂从矢，矢和人會合以見射意，厂象設侯時張布的形.

 爨、炊爨之意，𦥑象持甑，而𦥑的中間冃非字，冂象竈口，冂亦非字，𠬞林火三字，是推林內火的意思，所以爨字是會合𦥑𠬞林火四字以見意，冃和冂是象甑和竈口形.

六　會意兼聲的

 政、正也，从攴从正，正亦聲. 攴而使之正，是不獨會正之意於攴，並且兼到他的聲音.

　仲、中也。从人从中，中亦聲。仲居於伯叔季之閒(天)故訓為中，既會其意又兼其聲。

七　增文省文的會意

　又、長行也。从彳引長之。彳、小步也。故增加彳末畫的長以見意。(增文)

　勞、劇也。从力熒省，焱火燒冂，用力者勞這是省熒字下體的火以見意。(省文)

## 第三節　轉注　假借

一　轉注　六書的後二書轉注和假借，大家都以為是濟前四書事形聲意之窮的總說；不出這兩書造字的真相來。假借二字，從字義上看，是比較容易明白的；惟轉注一書，自唐宋以來諸家紛如聚訟，從無的解。至今雖略有結束，而由戴震段玉裁以至黃以周章先生太炎朱宗萊許篤仁輩，發揮幾盡，終未成定論，欲使初學於此五里霧中，明瞭轉注一書的真相，確是不大容易。原來講轉注者，可綜括分為三類：一言形轉，有裴務齊陳彭年戴侗周伯琦吳善述等；二言聲轉，有張有毛晃趙古則楊慎顧炎武等；三言義轉，最初者為南唐徐鍇，後由徐復分而為四：一以形聲字聲義相近者為轉注，如鄭樵趙宧光曹仁虎等；二以說文分部即古轉注者，如江聲許宗彥張行孚夏炘等；三以互訓為轉注者，如戴震段玉裁許瀚王筠黃以周許篤仁等；四以方言之殊轉變字音字形為轉注者，如章先生太炎朱宗萊等。從上三類和言義轉的四派看起來，以第一類和第二類混合到指事象形假借上去，姑不必論他。主義轉的四派，雖大致各有所見，而以章氏及朱氏為最明白轉注的真相。章氏曾說過：「字者，孳乳而寖多。字之未造，語言先之矣。以文字代語言，各循其聲，方語有殊，名義一也，其音或雙聲相轉，疊韻相迆，則為更制一字，此所謂轉注也。」又根據許君「建類一首，同意相受，考老是也。」而釋之者曰：何謂建類一首，類謂聲類，首謂語基，考老同在幽部，其義相互容受，其音小變，按形體成枝，別審言語同本株，雖制殊文，其實公族也，非直考老，言壽者亦同，循是以推，有雙聲者，有同音者，其條例不異，適舉考老疊韻之字，以示一端，得包彼二者矣。』章氏又曾用譬喻來講轉注，格外令人瞭然。他說：『甚麼叫轉注？這一瓶水，展轉注向那一瓶去，水是一樣，瓶是兩個。把這個意思來比喻，話是一樣，聲音是兩種，所以叫做轉注。譬如有個老字，換了一塊地方，聲音有點不同，又再造個考字。有了這一件條例，字就多了。』這樣解釋轉注，是戴段諸家未曾見到的。朱宗萊說：『類為物類，謂形也。』不贊成章氏類為聲類的話，而大體是不甚相異的，但是我還有必須補充的意見，就是轉注的字，誠不是為說文設的，也沒有懸知道古韻有二十三部。根據朱宗萊評章氏聲類的話，二十三部是章氏定的。而建類一首的十二字，是東漢許叔重說的。在許的時代，聲類雖未發明，而由詩經楚辭以至兩漢詞賦處處可以見出發聲收音的字，所以說建類是建聲類，就是說聲音有發的有收的說，一首為語基，就是說文字有同發的聲，有同收的音，這樣說聲類說語基，又何嫌重複呢？惟朱氏以轉注兼形聲義三者而言，義始俱足，實發前人所未發。所以一專就聲音說，一兼就三者說，均足羽翼許氏，可是轉注的字，既由同一義轉為其他同發聲或同收音字以後，確多近於形聲字，實則是由轉注孳乳而成的。前人將兩種字混合不清，就是未明白轉注孳乳的原因。轉注字有三種：

雙聲轉注的

嗞　嗞　許慎云：嗟也，从口，茲聲。

謯　謯　許慎云：嗞也，从言，差聲。

嗞和謯同屬於精聲的。

強　強　許慎云：蚚也，从虫，弘聲。

蚚　蚚　許慎云：強也，从虫，斤聲。

強和蚚同屬於見聲的。

迎　迎　許慎云：逢也。从辵，卬聲。

逆　逆　許慎云：迎也。从辵，屰聲。

迎和逆同屬於疑聲的。

之　疊韻的轉注

芋　芋　許慎云：大葉實根，駭人，故謂之芋也。从艸，亏聲。段玉裁謂凡于聲字多訓大

莒　莒　許慎云：齊謂芋為莒。从艸，呂聲。段玉裁謂借為國名

芋和莒同屬於模韻的。

刑　刑　許慎云：剄也。从刀，幵聲。

剄　剄　許慎云：刑也。从刀，巠聲。

刑和剄同屬於青韻的。

杪　杪　許慎云：木標末也。从木，少聲。

標　標　許慎云：木杪末也。从木，票聲。

杪和標同屬於豪韻的。

3 同音轉注的

除去雙聲和疊韻的轉注以外，還有一種是同音的轉注，因為各地方言雖然殊異，但也不是絕對沒有相同的音，所以此地制了一個字，當然有音有義，因而彼地制了一個字，居然義同而音也同，不過形體稍有點不同的樣子，這格外可見得轉注是造字之用，而不是交相為訓的。

向　許慎云：言之訥也，从口，从内，段玉裁謂内亦聲。

訥　許慎云：言難也，从言，段玉裁謂内亦聲。

向和訥同屬於泥聲的沒韻。

譸　許慎云：詶也，从言，壽聲，讀若醻。周書曰，無或譸張為幻。無逸文

詶　許慎云：詛也，从言，州聲。

譸和詶同屬於端聲的蕭韻。

迋　許慎云：往也，从辵，王聲。

徍　往　許慎云：之也。从彳，㞷聲。古文从辵不从彳

迋和往同屬於影聲的唐韻。

## 二　假借

章先生太炎云：轉注者繁而不殺，恣文字之孳乳者也。假借者，志而如晦，節文字之孳乳者也。二者消息相殊，正負相待，造字者以為繁省大例。這種話看起來，轉注固然是由轉變而另造他字，假借乃是用不造字方法為造字，確和轉注同為六書中的妙用。許君說：「假借者，本無其字，依聲託事，令長是也。」我們可以知道做縣官的稱為令，本來是沒有這回事，後來因為縣官有發號施令之權，就以令字來代替做縣官的人。長字本是長大長遠長久的意思，蔣善國說：「說文令下云，君也。發號也。長下云，君也，一曰久也，遠也。令之訓發號，本義也。訓君，假借義也，長之訓君，本義也。訓久，訓遠，假借義也。」實則令和長都是先言借義，後言本義。長字从兀，从匕，亡聲。兀者，高遠意也，久則變匕。斤者，倒亡也。所以君不是長的本訓。後來因為有地位高或年紀大的人，也就以君長或尊長來代替他。縣令和君長或尊長本來是沒有字，而由發號施令長大長遠長久的意思，展轉引申，以寄託

其事，仍不廢掉他本來的聲音，這就是假借一書，以不造字為造字的妙用。所以說文雖僅有九千餘字，而一自借義上看起來，九千餘字真可以拿來抵幾倍用，不過有的字既有了借義，他的本義倒反廢棄掉不用。人只知道用他的借義，不知道他最初本有本義，這樣要稱為真正識字的人，卻是文字學上所不能允許的。茲定假借例為三種，其通借一種，當別論之。

從本義引申的假借

韋　韋　相背也。从舛，口聲。獸皮之韋，可以束物枉戾相韋背，故借以為皮韋，後又造了一個違字，來代替韋背。這就是專用韋的引申義，而廢棄他的本義了。

西　西　鳥在巢上也。象形，日在西方而鳥棲，故因以為東西之西。東西之西，本難造出字來，因為鳥棲於西方日夕之處，就借以為西方的西字，後才造出一個棲字來替代西字的本義。於是西字就專用引申義了。

以上韋和西二字，是由虛義引申為實義的。

來

周所受瑞麥來麰也，二麥一夆，據段注說文象其芒朿之形。天所來也，故為行來之來。詩曰：貽我來麰是也。因來麰自天而降，遂假為行來之義，而來麰的本義，反廢而不用了。後另造一個麥字，麥字下體的夊，就是象其行來之狀。

朋

古文鳳，象形，鳳飛，羣鳥從以萬數，故以為朋黨字，本沒有朋黨字，因朋飛有羣鳥飛從，就假朋為朋黨之義，後又另造一個鳳字以代朋。

以上來和朋二字，是由實義引申為虛義的。

州

水中可居者曰州。州水匊繞其旁。从重川。昔堯遭洪水，民居水中高土，故曰九州。州本是州渚的字，引申之為九州，為州里。

州字是由實義仍引申為實義。

操　把持也，从手，喿聲。操有把持的義，引申為人有節操，自能守而不失。

操字是由虛義仍引申為虛義。

## 乙　從聲音變遷的假借

利　銛也，刀和然後利，从刀和省，此銛利字。案許君云：賴，利也。高誘注呂氏春秋離俗篇，也以賴利二字並舉。孟子富歲子弟多賴，賴，猶利也。所以利字借為賴字，是有利益之義。利和賴同屬於泥聲的。

烝　火气上行也，从火，丞聲。此烝熱的烝字。毛亨訓詩天生烝民的烝字，和烝在栗薪的烝字為眾，這是由火气上行而借為眾義。烝和眾是同屬於端聲的。

以上賴利烝眾均由雙聲而變為借義。

方　併船也，象兩舟省總頭形。尚書方鳩僝工，今文假方為旁。說

治 治

旃 旃

諸 諸

文二部云：旁、溥也。這是由併船義而借為旁溥義。方和旁是同屬於唐韻的。

治本水名，出東萊曲城陽丘山，南入海。假借為治理國家。治和理是同屬於咍韻的。

以上方旁治理均由疊韻而變為借義。

之馬為旃。旃就是之馬二字的合音。旃本訓旗曲柄，所以旃表士眾，从㫃，丹聲。但由急言之馬合起音來，這旃字就假借為語詞，如「尚慎旃哉」就是尚慎之哉的意思。旃與之為雙聲，與馬為疊韻。

之乎也。諸就是之乎的合音，諸本訓辯，从言，者聲。但由急言之乎合起音來，這諸字就假借為語詞。如「山川其舍諸」等於山川其舍之乎的意思。諸與之為雙聲，與乎為疊韻。

以上旃和諸是由二語轉為一語的假借。

不律（不律）　兩字合起音來則為筆。楚謂之聿，吳謂之不律，燕謂之弗，秦謂之筆，這都是一語而聲字各異的。惟吳人將筆字緩言之，即為不律。因為筆與不為雙聲，筆與律為疊韻。而不的本義鳥不下來，律的本義法律，是完全廢棄不用了。

窟窿（窟窿）　兩字合起音來則為孔。孔之本義為乙至而得子，嘉美之也。（說文乙請子之候鳥也。）孔借為孔穴，已屬假借。再變而為窟窿，更與孔的本義無關。孔與窟為雙聲，與窿為疊韻。

以上不律和窟窿，是由一語轉為二語的假借。

3　僅依聲而不託事的假借

孔丘（孔丘）　孟軻（孟軻）　雲夢（雲夢）　前二種標人名，後一種標澤名。所以只依他的聲音，而不託之以事。

以上是標名的假借。

爾女（爾女）　彼此（彼此）　前一種標人的代名，後一種標人或地的代名。

以上是標代名的假借。

（率爾）急遽貌。論語，子路率爾而對。率之本義，為捕鳥畢，畢者，田网也。象絲网，上下其竿柄也。

（皤然）變動之貌。孟子，既而皤然改曰。皤之本義，為書兒拭觚布。从巾，番聲。

以上是形況的假借。

 爲　作為之意。為之本義，母猴也。其為禽好爪，下腹為母猴形

 之　介詞也。就是名詞的介紹，其本義為艸出益大。

以上是語助的假借。

除上所舉的三種假借字外，還有一種，近人稱為通借，實則就是同音的借用字。有人說古人這一種辦法，也可承認他是造字的用處，那是完全不對的。因為假借的一書，是本無其字，而又要節制文字的

孳乳，所以不得不依一字的聲音而託以事這却是以不造字為造字的妙用。至於同音的借用，是本有其字，而竟另借一個同音的字來替代他，在後世看起來，就是寫別字。（又稱白字）不過古人寫的別字，已經成了習慣大家都已用熟了，是不容易改掉他；且有因文章修詞的關係而亦不必改易，現在將章先生太炎論通借的一篇文字，擇要記出，以見通借實不能屬於假借，而為六書以外一種特別用字的方法。以下是章先生講的：

甚麼是通借呢？像現在用的左、右、前、後、四個字，只有後字用本字本義。左、右、本來該寫作ナ、又、左右是輔助的意義，是動詞；ナ又是左手右手的意義，是名詞。意義雖則相近，字却不是本字。至於前字，本來就是翦刀的翦字，篆書寫作𠝣，從刀，歬聲，並沒有前後的意義。前後的前，應該寫歬字。說文『歬，不行而進也』怎麼說不行而進呢？人在船上，不須自己走，自然會進去。所以說不行而進，歬字的字形，從止在舟上。

止、就是現在所用的趾字，意思說脚在船上，任他自進，本來是前進的意義，現在用前字去代歬字，意義全不相干。

又像伯、仲、叔、季、四個字，伯、仲、季都用本義，叔字本來從又，又就是右手，所以叔是拾起來的意義。詩經裏說的：『九月叔苴，』就是用本義，別的書上用作伯仲叔季的意義，却是借為少字，古人去聲入聲，本來不大分別，所以喚叔字和少字相近，就用他替代少字，意義也全不相干。

又像進、退、屈、伸、四個字，進、退、都用本字本義，屈字篆書，正體寫作屈從尾字，出聲，是無尾的意義；屈伸的屈，應該寫作詘，現在用無尾的屈字來替代，意義也全不相干。這種字原來都有本字，却用聲音相同的字代，所以喚作通借。不喚作假借，原不在六書條例之內。但現在講說文最要緊的，倒是這一件事。不講通借，說文只是說文，別的書上所用的字，只是別的書上所用的字，兩不相關，說文就變了死物。略識字的人，最要緊的也是講通借這一件事，不講通借，看見一個字有這種意義，又有那一種意義，兩種意義，像胡越的不相干，就要懷幾分疑惑，懷疑還是好事，有一般武斷的人，竟胡亂去解說字形，就變成了世界第一種繆妄，看宋朝王荆公就曉得了。章氏說看宋朝王荆公就是說王荆公曾說過「波，水皮也，滑，水骨也。」種種妄說字形字義的話。

通借的字，定要求出本字，也有不必過於拘牽的。因有許多字，最初只有一個字包括許多意義。後來加了偏旁，覺得這個字和那個字，定要分別，其實就寫最初這一個字，仍舊可以算作本字本義。譬如最初有個交字，本義只得兩骹相交，引伸作一切交叉的意義，後來交會的交，又加偏旁作䢒，交友的交，又加偏旁作佼，三個字都見說文。但經典相承，只寫交字，交字本來可以引伸作交會交友的義，就不必說定要寫䢒、佼、兩字，才算交會交友的本字，又像最初有個桀字，本義只是破肚子，引伸作好殺的義，夏朝末年有個王，因為好殺，百姓喚他作桀，再引伸變作豪桀的義，古人說豪桀，彷彿現在人說好漢，含得能夠殺人的話在裏頭，但豪桀的字又加偏旁作傑，也見說文，却是古書往往寫作豪桀，這個名目，本來從能夠殺人來，就不必說豪桀不是本字，豪傑才算本字。這幾件事不可拘牽一格。

修詞的方法和質言的方法，頗有不同，所以在修詞上通借的字，純然改作本字，有幾分不方便。舉幾事為例：休字的本義，只是止息，但又有美的一義。止息與美不相干。訓美的是借作好字，因為古音喚好作朽，平上不大分別。所以讀休像好，就借得去用了。假如「無疆惟休，」「何天之休」改作無疆惟好，何天之好，寫是寫的本字，倒覺得文章上不大雅。孚字的本義，只是鳥伏卵，但又有信的一義，鳥伏卵與信不相干。訓信的是借作保字，因為保字古人作𠈃，𤔣就是古文孚字，古音孚字原喚作保，就借得去用了。假如易卦中孚，改作中保，也是寫成本字，倒覺得文章上不大嚴重。昆字的本義，只是同，但又有後的一義，同與後不相干，訓後的是借為卯字，因為古音喚作管，管與昆是雙聲，卯字也寫作鯤，爾雅訓鯤作魚子，說文沒有鯤字，只有卯字，因魚子義，引伸作後世子孫的義，就借用昆字，假如垂裕後昆，改作垂裕後卯，也是寫本字，倒覺得文章很鄙俗了。據這幾條例看來，在修詞上不得不胡塗寫去，但這種平奇雅俗的意見，從習慣來，不從理論來。假如積古相承，訓美的字總寫好，訓信的字總寫保，訓後的字總寫卯，現在自然也沒有異同，到底修詞與理論無礙，畢竟應寫從本字。

有人說：「古人用同音字代本字，就稱通借，今人用同音字代本字，就稱為別字，這也不公平了。古人可以寫得為甚麼今人不可寫得？」我說：這句話倒不然，古人用通借，也是寫別字，也是不應該。不過積古相沿，一向通行，到如今沒有法子強人改正。假使個個字都能夠改正，是易經裏所說的「幹父之蠱，」縱使不能，豈可在古人寫的別字以外，再加許多別字嗎？古人寫得別字，通行到如今，全國相同，所以還可解得，今人若添寫許多別字，各處用各處的方音去寫別省別縣的人就不能懂得了。後來全國的文字，必定彼此不同，這不是一種大障礙麼？就使各處懂得，檢起韻書來，這個字和那個字聲音本來不同，也斷不能通借。比如用查字代察字，是明代北京的土音；用場合代場許，是現在江蘇的土音，究竟用唐韻的正音查與察，合與許，韻理上截然不能相通。隨意亂用，就是破壞聲韻，在文字學法律上斷不能容得的。

照太炎章先生說：我們知道通借的用法，既不問字的本義，又沒有甚麼借義，就是隨便用一種同音的字，所以說古人寫的是別字。這句話並非苛刻的。尤奇怪的，疋與足形相似，就借疋為足，讀疋為足之音。丂與于亦以字形相似，就借丂為于，讀丂為于之音，詩大雅文王篇『命之不易，無遏爾躬。』又借躬為身，與天為韻。這些古人偶然誤用例子，雖在古籍中不多見，也就比通借的字格外不近於理了。所以本書於通借的字，和古人偶然誤寫的字，概置諸六書之外，而不承認他屬於假借一書。

研究的問題

(一)何謂六書?

(二)指事和象形的分別?

(三)指事和象形的變例,與正例有何分別?

(四)形聲字如何造成的?各種形聲字能分別清楚嗎?

(五)會意字如何造成的?各種會意字能分別清楚嗎?

(六)轉注究竟怎樣解釋是準確的?

(七)看到雙聲疊韻,是否起了研究音韻的意味?

(八)假借究竟是用字方法?抑是造字的方法?

(九)假借字比較難看出的是那幾種?

(十)通借何以要置諸六書之外?

參閱的書籍

（一）王筠說文釋例。
（二）段玉裁說文解字注。
（三）鄭樵六書略，在通志內。
（四）江艮庭六書說，在益雅堂叢書內。
（五）曹仁虎轉注古義考，有益雅堂叢書本，許書叢書本
（六）葉德輝六書古微。
（七）張行孚六書發疑。
（八）日人高田忠周轉注假借說。
（九）章太炎國故論衡轉注假借說。
（十）朱宗萊文字學形義篇。

# 第五章　許書研究

## 第一節　說文字數和部首

### (一)說文字數

許慎的兒子許沖曾做過說文後敘，他說他父親慎做說文解字十四篇，五百四十部，九千三百五十三文，重一千一百六十三，解說凡十三萬三千四百四十一字，而王鳴盛胡秉虔都說今本說文解字，其正文重文都有益出的。胡氏又說過解說只有十二萬二千六百九十九字。比起原數來，可算少去一萬零七百四十二字。再看到大徐本所載的字數，正文九千四百三十一，增多了七十八文，重文一千二百七十九，增多了一百一十六文，可見現在所存的說文是有增奪的。段玉裁注此書，頗有許多增加刪削之處，雖嫌武斷，也有時見出他裁偽之功，近人馬一初亦說：「鈎稽羣書，苟得參驗，則復其可復，不嫌加削」。

（天）

而況近世發見的甲骨文字，發明才十之二三，尤足為許書的補苴罅漏。

（二）說文部首

說文部首，依許君的十五篇敘目，始一終亥，好像是據形系聯，惟大徐所增的翻切目錄，和郭忠恕汗簡夢英篆書小徐繫傳部敘，都與十五篇分部的目錄次第不同。就是重部後繼以裘老毛毳尸尺尾七部，再繼以臥身㐆衣四部，而繫傳通釋敘目，又和十五篇分部次第是一樣，所以大家還是照十五篇的敘目。不過馬一初對於說文部首，說有當增削，有誤分誤合，極為新穎，是說文部首根本動搖。現在錄他當增削的一篇文字，以見說文部首却有討論的必要。馬氏說：

部首者，所以領其所屬之字。許書才部無所屬而為首，以馬烏為例，則當入諸艸木之部矣；況才屯一字，知者，周禮媒氏，純帛無過五兩，注純，緇字也。古緇以才為聲，禮記玉藻注曰，古緇以或從糸旁才，論語子罕，麻冕，禮也，今也純。孔安國改緇為純，此古才屯聲同之證，許書蠢之古文作𢦟，從𢦏，然從昏從𢦏無蚰動義，當是從蚰𢦏聲，傳寫譌蚰為昏耳。金文才字作十，甲文作中，幣文屯字作屮，此徙有虛實之殊，申出之異，則又才屯一字之證，是才部斷可削也。

史部所屬僅事字。王國維舉證史事一字甚塙，則史字當隸又部，或入聿部，史為聿之異文，入聿部為宜。（自注）而史部宜削矣。

隶部所屬僅隸隷二字，隶隷音義一致，則不得比於考老為轉注異文，實古今字耳。隷訓附箸，義實同及，雖隷從隶祟聲，可比考之於老。然隷之篆文作隸，說解曰，從古文之體。徐鉉曰：未詳古文所出。桂馥曰：本書欵或作款，則隷亦隸之別體，當有古文挩去。余謂隸即隷隸之古文，知者，隸下引詩曰：隸天之未陰雨，許自叙曰：其偁易孟氏書孔氏詩毛氏禮周官春秋左氏論語孝經，皆古文也。

今許書蕢下有臾字。說解曰：古文蕢，象形。論語曰：有荷臾而過孔氏之門。譙下有詯字，說解曰：古文譙，周書曰：王亦未敢詯公，以此相證，則隸塙為古文矣。是則隸𨽿隸三字之於隶，猶鞉鼗𪔛之於鞀。當附之於隶下，而隶從又尾，與及從又人，殆無不同。蓋亦及之異文，故及下有𨓏字。說解曰：亦古文及。其字從隶甚明，然則隶當入又部，而隶部可削矣。

稽部所屬僅𥢔𥡴二字，稽訓留止者，止為趾之初文，若曰留足留步也。𥢔訓特止，猶曰獨足獨行。莊子秋水，吾以一足趻踔而行，踔即𥢔之異文，許書逴下曰，一曰，蹇也，蹇者，跛也。跛者，行不正也。跛與𡯌一字，則逴下一曰之義，字當作𥢔，而稽訓留止，𥢔訓特止，義皆得於尢，不生於禾也。尢者，𡯌曲脛也，𡯌者，一足曲脛，不能疾走，故稽訓留止，一足箸地，故𥢔訓特止。稽從尢，楷省聲，稽楷並淺喉音。莊子大宗師，狐不偕，韓非說疑作狐不稽，王弼本老子亦稽式



（天）

也。河上本作楷式，此稽得楷聲之證。穃從尢，棹聲，𥢌訓𥢌椒而止也。𥢌椒見紐雙聲，椒字屬禾部。說解曰：積、椒也，從禾，從又，句聲。又者，丑省。許書說解支離者多，非本然。椒當從尤，枸聲。故說解曰：一曰木名，即有以椒為枳枸、來巢之枸字者。余疑椒即跔之異文。跔下曰，天寒足跔，此謂天寒句曲其足，如雞寒上距矣，則𥢌椒而止者，猶謂曲脛而止矣。是字當從尢，咎聲，說解引賈侍中說，稽穃𥢌三字皆木名，是古書或借此三字為楷棹𣘤也。余推求之，以為稽穃𥢌三字本從尢，皆省聲，作楷，從尢，卓聲，作棹，從尢，咎聲，作𣘤，以為木名而加木旁，傳寫尢誤為尤，不得其義所從生，則又改木為禾，此雖待於徵證，而理固極成也。然則稽部諸文，盡當隸之尢部，而穃部可削也。

禾部所屬僅積椒二字，積下曰：多小意而止也。從禾，從支，只聲。檢迟下曰：曲行也。疑迟積是一字，積當從尢，只聲，作枳，借為木名而加木傍，尢誤為支，不得其義而改木為禾矣。是則稽䅗亦當屬之尢部，而禾當與禾不為倫，入木部，而禾部亦宜削矣。

干部所屬僅𢆉屰二字，干字吳夌雲謂象人県形，是。從県大，人県，足向上，為逆，故辛字從二從𢆉而義為辠，𢆉屰皆干之異文，知者，金甲文逆字作𢓜𨒫𨒫諸形，有省作屰者，則干屰為一字明矣。干屰音紐雖有見疑之異，而音同淺喉，犯與不順，義亦同貫，是得證之於聲義者。金甲文夫字作夫夫，而甲文逆字又有作𢓜者，其從夫字甚明，則知大夫本是一字。（夫亦人字異文，智鼎贖茲五夫，用百鋝，言贖此五人也，古稱大夫，猶今言大人。（自注））𢓜字宜県而視之，則與𨒫同，所從為県夫，即今屰字，而干屰為一字又明矣。屰字傳寫譌變成𢆉，成𢆉，因為三字而殊其訓。然𢆉訓撖者，𢆉音今在日紐，撖在知紐，古讀皆歸於舌，是則以雙聲為訓，許書多此例。方言曰：撖，倒也。即借撖為𢆉，而𢆉義為倒，與屰之訓不順同矣。此亦干𢆉屰一字之證，然則干當入於大部，如屮之在止部，而干部可削也。

谷部所屬僅西字，谷訓口上阿，（張文虎謂上阿即上腭（自注））而西訓舌皃，音他念切，周伯琦魏校孔廣居沙木陳壽祺皆謂即餂字，乃象舌出之形，則為舓之初文，不從谷省，谷無所屬，當隸口部，而谷部宜削矣。

包部所屬僅胞匏二字，胞為包之俗字，無竢說明。匏訓瓠也，當從瓠省，包聲，宜入瓠部，而包從巳有以勹之，當入巳部，是包部可削也。

茍部所屬僅一敬字，敬訓肅者，憼字義也，敬為憼之初文，從攴，茍聲，敬音見紐，與茍同音，則敬從茍得聲無疑，當迻攴部。茍從口，羊聲，篆作茍者，由甲文羊字作而變，不從包省，羊音喻紐，茍得聲於羊而音屬喻紐，由深喉轉為淺喉耳。茍當入口部，而茍部可削矣。

句部所屬僅拘笱鉤三字，拘訓止也，知義從手出，以句為聲，當入手部，曲竹為笥，曲金為鉤，重在金竹，當入彼部，句訓曲也，義出於ㄐ，故朱駿聲謝彥華皆謂從ㄐ口聲，宜入ㄐ部，而句部可削。后部所屬僅㖃字，尋后下解說迂回，黃生謂后即厚薄之厚，古文，故天曰皇天，地曰后土，其說是也。許書厚字從厂，𣆪聲，今作從厂從𣆪非古文作垕，即后之俗體。后從厂，口象石形，與石一字，又部反，古文作反，石部磬，古文作。尚書擊石，唐寫本經典釋文殘卷曰，石、古作后。墨子非攻曰，則是鬼神之喪其主后。洪頤煊謂后當為石，主石即主祏。尋墨子多存古文，后即石也，此后石一字之證，則當附於石下，而㖃訓厚怒聲，蓋從口，后聲，當隸口部。魏源之說是也，則后部宜削矣，此粗舉可削者。

若歸訓女嫁，則義重在婦，況妻訓婦與己齊者也，叔鼎𥏫鼎齋字作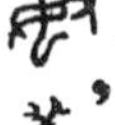，蓋從婦省，齊省聲，是婦部可增也。

臼下曰，古者掘地為臼，象形，中象米也，是凵為象掘地而陷之之形，臽下曰，小阱也，從人在臼上．甲文䧢字作⿱牛凵，從牛在凵中，凵即坑耳．象坑中有土，似臼而非臼，凶下曰，象地穿，交陷其中也．凵象阬形，凶從凵，乂象凵中交裂穿陷之形，凷亦從凵從土，明凵中之土，所以為墣，然則凵即阬阱之初文，是宜增凵部，而臽凷諸文屬之．

烏之篆文作䧿，自可先䧿而後烏，入之隹部，與鳳入鳥部同．必以烏為象形之初文，則字不從鳥，烏當如冢燕之自為部首．焉字亦然，且焉下曰，凡字，朋者，羽蟲之屬，烏者，日中之禽，舄者，知太歲之所在，燕者請子之候，作巢避戊己，所貴者故皆象形，焉亦然也，此固許語邪，則當先䧿而後鳳，又當如烏之雖有篆文作䧿而不入隹部，說者謂鳥烏焉形之半同故合之，此不可通之說，疑許本各為部，而後人妄合之，不然，則宜勢為三部，當增烏焉二部矣．

看馬氏說的話，部首當削的，就是才部、史部、隶部、稽部、禾部、干部、谷部、包部、匋部、句部、后部。當增的，就是婦部、凵部、烏、馬、二部姑無論部首有後人益奪的，而許書的本身，總不得不賴後人精密的探討。倘能照此方法做去，商承祚的甲骨文字類編也不難迎刃而解了。

## 第二節　重文

我們看到許書的五百四十部，在每一部之中，是有重文的，到了一部完結之後，總注明重文幾何，如一部注明重一，二部注明重六，就是說一部重一個古文弍字，二部重三個古文一個籀文兩個篆文，其他各部可以類推。但是王筠著說文釋例，他以為重文有同部的，也有異部的。同部的重文必有義例，不合於義例，是不應當同在一部，異部的重文雖散見於各部，而實為重文，從來講說文的不大注重這一點，惟近人馬一初頗循王說有所發明。今區分重文為同部異部兩種：

### (一)同部重文

王筠以為說文是主於分別的書，所以他將許君所錄的重文，可以認為同部的，分出三種類聚的例子來；一為無部可入的字，如云の二字，不入雲部，就無部可以隸屬；一為偏旁相同的字，如祺的籀文禥，祀的或體禩，仍從示義，不得入於他部；一為聲意不合的字，如臬之古文罘，兩體明白，而不可入此兩部，所以附之臬下。其不合於這三種類聚例子的，就是後人妄為迻併，我們將玉篇查考一下，就見到許書有許多同部的重文被顧野王收到別的部裏去了。但是許書同部的字，也有許多不言重而實為重的。除去王筠所舉的字，馬一初又舉出許多來，足以供學者參考，亟錄之於下。馬氏說：

疌下曰，疾也；𤴓下曰，機下足所履者。今疌𤴓二字，不獨說解不同，而一從屮得聲，一從入得聲，若截然二字者。其實𤴓字為正，從止從又，个乃象織時繫緯之具，手持以貫經，而足高下之以織其事甚疾，故訓疾也，个県之則為屮矣。然則疌𤴓二字，因篆形有疌𤴓之殊，則以為重文可也。捷又後起字。

釆下曰，辨別也，象獸指爪分別也。番下曰，獸足謂之番，以番之古文證之，釆番一字，蓋即熊蹯不熟之蹯，古讀辨番聲同，故借番為辨，別也之訓，即辨字義，蓋釆下本訓別也，辨字乃讀者旁注誤入正文。是釆番一字，其形少殊，當為重文。

小下曰，物之微也，少下曰，不多也。尐下曰，少也。其義無不同，其形不同。或以為少從丿聲，尐從乀聲，當為小之轉注字，非也，知者，商承祚曰：卜辭小字作三點，示微小之意，與古金文同，許說殆非初恉，是也。初謂古書少小二字通用，如小子即少子是也，尐字則經典無用之者，孟子力不能勝一匹雛，趙歧以小雛說匹雛，似孟子本作尐雛，形近譌作匹也。然段玉裁謂俗語說小往往言尐之音，子結切則尐小音同也，趙歧以小說尐，則義同也。丿乀雖見十二篇，訓為左右戾，而經典殊無其字，他字亦無從丿乀得義與聲者。丿部所屬乂弗二字，乂為刈之初文，象刈草之器，今土木工所用剪形作，正與乂同，弗從乂，許書引墨子

（天）

義字作弗，散氏盤亦有𦍒字，弗正從，可證。十一篇沙下引譚長說：沙或從尐，甲文有小字，證以寰盤沙字作，則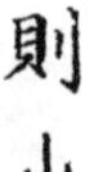亦少字，然則小少尐三字實一字，以形或小殊，則為重文可矣。（或謂甲文小乙作小丿，亦作少，正與篆文少字同，或作尐，正與篆文尐字同，則少尐二字由小乙而譌。（自注））

且下曰：薦也。俎下曰：禮俎也。金文俎字多作，甲文祖字多作，其為一字尤易明，則俎當為且重文。

畕下曰：比田也。畺下曰：界也。比田者，田相比連也，田相比連之處即界，是畕畺一義而音又同，畺則三象阡陌，畺之或體作疆，而金文作，甲文作，皆從兩田，則吳大澂以為田中水道是也，然則畕當入田部，而界其轉注字也。

劦下曰：同力也。協下曰：眾之同和也。恊下曰：同心之和。勰下曰：同思之和。然許記曰：文一，重五，今僅協下有重文作旪作叶，則失其三，錢坫、孔廣居以為協、勰、恊、亦劦之重文也。

𠙺下曰，象器曲受物之形也。匡下曰，骫曲也。按骫曲之曲，今亦通作屈，皆當作𠙺，而匡即𠙺之後起字，增玉為聲而音同丘玉切，則不與轉注字同例矣。

改下曰，更也。攺下曰，毅攺，大剛卯以逐鬼鬽也。然音同古亥切，毅攺大剛卯以逐鬼鬽者，非特造此字，乃用更改字為之耳。羅振玉依金甲文有從巳之攺，無從己之改，謂攺改一字，然則即或許所見有從己之改，亦形殊而無異義，當為重文也。

翳，翳也。翳，華蓋也。檢翳即羽葆，後世言纛。纛翳者，翳之譌字，如越王翳即王壽也。然使許見翳字又作翳者，亦重文也。

離黃，倉庚也。鵹、鵹黃也。況祥麟以音義證之，是一字，則如雉鴺之例可矣。

筭、長六寸，計歷數者。算、數也，讀若筭。然則音義一也，其形或異者，古民族居山穴，交易以玉為貨，後進河流，則以貝為貨，故筭從玉從収，而算從竹從貝省從収，先後之故也。今說解以為筭從弄，算從具，譌矣，算當為筭重文。

巨下曰，規巨也。工下曰，巧飾也。象人有規榘也。然巧飾乃引伸義，工巨一字，巨即金木工所用裁木之鋸，象其形也。古文作匠，與制之古文作㓷同意。彡者，裁木所下，今謂木屑也。巨下曰，從工，象手持之。蓋ㄈ即彡字，金甲文彡亦作ク，ㄈ則政齊之耳。工巨音紐雖有見羣之殊，皆淺喉音，古羣紐亦歸見攝，則巨為工之重文明矣。

口、囗也。圍、守也。尋口即環堵，所以為守，圍口一字矣。初謂口圍皆環堵意，今偁圍牆守也者，韋字義也，則圍為口之後起字尤明矣，故音同羽非切。

玄、幽遠也。玆、黑也。然古書玄端玄衣皆黑服也。無叀鼎玄衣字作8，邾公鐘玄鏐作8，毛公鼎錫女絲弁，絲弁即玄弁也，是玄玆一字，玆為玄之重文明矣。今音子之切者，由許引左傳曰，何故使我水玆。今傳玆作滋滋當作玆，形與玆近故也。

晏、天清也。曣、星無雲也。洪亮吉依史記索隱引許慎淮南注，晏無雲也，謂晏曣一字，倫檢史記封禪書曣㬈，漢書郊祀志引作晏，亦可證曣為晏之重文，蓋天清乃俗訓，許書星無雲也本在晏下，而曣為重文傳寫曣為正文，訓星無雲也，則造為天清之訓，繫之晏下矣。

倝下曰：日始出光倝倝也。𠦝下曰：闕。小徐本有旦從三日在倝下七字，沙木謂𠦝為籀文倝字，籀文乾字從此是也，則𠦝為倝重文至塙矣。

㸑下曰：柴祭天也。（連㸑柴為句。）燎下曰，放火也。古無以放火為燎者，放火，即㸑柴之俗義，今書㸑柴字亦並作燎，燎為㸑之俗字耳，當為或體，出為重文。他若毋貫𠧪𠧟室宀宏宖宎寏㝁㝈皆同部一字，當并之為一正一重也。

### （二）異部重文

異部的重文是只要在不同的部中尋出重文來，因為同部重文有雖重而不承認他是重的，有雖不言重而不得不考證他是重的，不承認他是重的，所以顧野王收到別部去，不言重而考他是重的，所以王筠曾經舉過二十八字，馬一初又舉出十七字來。（馬氏舉的見本節，王氏舉的見說文釋例第七卷。）至於異部的重文，如𩰲下云，古文，亦鬲字。白下云，此亦自字也，麻下云，與𣏟同。儿下云，古文奇字人也。頁下云，古文䭫首如此。首下云，𦣻同，古文𦣻也。夰下云，古文大，改古文。這都是以部首而有重文，若僅僅執同部類聚的字，謂之重文，是真不善於讀許書了。看牛部的犫字，與足部的躗字同。辵部的連字與車部的輦字同。彳部的很字與言部的詪字同。王筠曾照這個例子舉過兩字為一者，一百六十九字，三字為一者，一十三字，五字為一者，一字，七字為一者，一字。（見說文釋例第七卷。）許印林亦略有補充，可見異部的重文是很多的。馬一初於此亦有所發明，並較許王兩家考證為精。茲再錄馬氏所舉的異部重文，馬氏說：

如眉，臥息也。隸、臥息也，並音許介切。蓋隸為眉之後起字。⿱宁皿、器也。⿸虍⿱宁皿、器也，皆音直呂切，則⿸虍⿱宁皿亦⿱宁皿之後起字。饘、糜也。鬻、鬻也。糜鬻音同微紐。鬻讀武悲切。蓋借糜為鬻，饘下曰，宋謂之餬，餬借為鬻。鬻下曰，鍵也。鍵為鬻之或體，鬻饘皆音諸延切，則饘亦鬻之或體矣。

孟下曰，長也。襁下曰，負兒衣。檢孟字實從⿱子八省，皿聲，⿱子八為緥之初文。緥下曰，小兒衣，亦謂負小兒衣，俗亦作褓，孟子曰，襁負其子而至矣。借負為緥，猶言襁褓矣。⿱子八從子，八象負兒衣。孟下曰，⿱子八古文孟者，⿱子八當作⿱⿱子八皿，從⿱子八不省，傳寫譌奪皿字，陳子子匋孟嬀匜孟字正作⿱⿱子八皿，可證。皿強則脣音雙聲，況祥麟謂強從虫，弜聲，弜誤為弘，是也。弜者，王國維以為秘之本字，當讀如弼，弼音房密切，然則襁者，由孟為孟長之義所奪，故造此耳。

元下曰，始也。兀下曰，高而上平也，孔廣居以為兀乃元之省文。初

謂麗下重文作丽⿰元元，孔廣居謂⿰元元從二元，元首也，即伉儷字，初謂⿰元元為伴侶之侶本字，亦即伉儷字。麗下曰，旅行也，乃⿰元元字義，麗從鹿，丽聲，則麗皮也。壁中書以丽為麗，倉頡以⿰元元為麗，故許書曰，丽、古文麗，⿰元元、篆文麗。然⿰元元從二元，而丽從二兀，可以證元兀之為一字。孟子曰，勇士不忘喪其元，此元字本義之僅存者，始乃引申之義，兀下曰，高而上平者，象人字為義，則元即首耳，其形蓋本作元，變而為兀，增而為元，猶大之變為天，而金甲文亦作天天，許書髡重文作髡，又軏下曰，車轅耑持衡者，今論語小車無軏，作車傍兀字，亦可證元兀之為一字，則元當為兀之或體矣。

祓下曰，韍也，市下曰，韠也，上古衣蔽前而已，市以象之，篆文市從韋從犮，初謂篆文市作韍，從韋犮聲，與祓殊者，衣與韋耳，以為衣則從衣，以韋為之則從韋，是祓韍一字，今祓下曰，蠻夷衣者，蠻夷衣猶僅蔽前也。

身下曰，船也。孕下曰，褢子也。吳夌雲以為身象褢子形。詩曰：太姙有身，是身為褢子之證，孕從子乃聲。則後起字，當為身之重文矣。

𣬛下曰毛而而也。而下曰，頰毛也。然今頰毛字作髟𣬛，即而之俗體。是而本一字，其音皆日紐，而蓋而之或體也。

頭下曰，選具也。𢁉下曰二卪也。巽從此闕。然顨下曰，巽也。巺下曰，具也。易顨卦字今作巽，則顨巽一字。其實頭𢁉亦一字，𢁉不從二卪，從二卪，二頭與二卪卪同。許書頰之重文作俛，蓋從卪，免聲。頰訓低頭，故知當從卪也。是其例證。今𢁉頭之義皆失，其訓選具者，皆巽字之義。本義既失，故許亦不知頭為卪卪之重文矣。

層下曰，重屋也。增下曰，北地高樓無屋者。增下曰，益也。錢坫王煦以層為非古字，乃新附羼入。初謂層為增之或體，字從厂，曾聲，非從尸之尸。（尸部屋屏層皆屋室義，並不從尸，尸部有厂字與從屐省之字誤入，並詳六書疏證（自注））之從厂與從土同。增則增之譌字，甲文土字作⊥或作丄，因譌為立也。增字增鼎作𣉻，

非二臣，以小子敦證之，乃𠂤字之異體，乃二𠂤，此丘一成再成之本字，後加曾字為之聲耳。凡屋一成再成亦謂之增，或易土為厂矣。然則增下之訓，當歸增下，益也者，乃引申義耳。（埤，下曰增也。埤與陴實一字，陴訓城上女牆，城上復有小牆，故埤訓增，以此證知增本層字。（自注））增訓高樓無屋者，而層訓重屋，亦知為後人以層字羼入尸部，遂謬增其訓，而不知其非古義也。他如爰援庰屏昌唱㒤懾吃𣢟皣曄窺闚之類，蓋無慮數百字，或為前人所已發，或察聲義而可知。

附注　有說文重文，本為同部而玉篇異部者，三百三十一字。還有說文的重文，玉篇分為兩字者，五十一字，不收者，一百一十六字。這都在王筠說文釋例第六卷中可以看出。許印林曾經不取王筠所輯的這一篇，因為這一篇輯的重文，只要將許書和玉篇查考一下，就立刻可以分出來了，比較同部不言重而實為重的，和在異部中尋出重文來兩件事，實在是機械得了。

## 第三節　俗體　或體

㈠俗體　許君所收的字體，卻有不合於六書的，就是正字下舉的俗體。這許多俗體，大抵由象形的文字，漸至於周秦之際，變而為大篆小篆，意義不能明白，於是隨意的加增了偏旁，又或因本字本義為假借引申之義所奪，再加起偏旁來以識辨別。於是俗書的形體，就生於這兩類之中了；如肩下肩字為俗肩從戶，圅下肣字為俗圅從肉從今，敊下豉字為俗敊從豆，冰下凝字為俗冰從疑，褎下袖字為俗褎從由，歊下噈字為俗歊從口從就，居下踞字為俗居從足，印下抑字為俗印從手，蟁下蚊字為俗蟁從文。其他類此或較此尤為不合於六書的尚多，姑舉例以見一斑。

㈡或體　或體的字，是和正字有關係的，有從正字省的；如禱下的或體禂字，蒸下的或體烝字，𦺈下的菼字。有正字省而或體並不省的，如邁下的或體𨘻字，讄下的或體𧭟字。有的或體只變正字得義的一部分，而不變其得聲的一部分，如瑱下的或體⿰耳真字，玩下的或體貦字。有的或體只變正字得聲的一部分，而不變其得義的一部分，這就和轉注的字相同了，如球下的或體璆字，璊下的或體玧字。㒼允為疊韻，求翏亦為疊韻，翏或讀嘐，又為雙聲，許書類此者甚多，這裏不繁舉了。

## 第四節　讀若

許書說解，除去形和義而外，對於聲音一道，頗有顯明的幾種說法，就是讀若某，讀與某同，讀若某同，某聲讀若某。而王筠又就許說的，分為讀若直指，讀若本義，讀同，讀若引經，讀若引諺諸條例。直指就是說讀若是明其音也。本義就是只言讀若某，尚不能定為何義的音，所以要本其義以別之。讀同就是說讀與某同者，其音同也。引經就是引經典之音以證其音，亦以義為別之類。引諺就是欲以當時人俗語之音定文字之音。王筠說許君讀若的意思大致如此，其實許君的幾種說法，字面上略有區別，實際上是一樣，當反切未曾發明的時候，文字的音無從確定，只好用讀若一類的法子定他。而定出來的(天)各音，却能不違背天然的雙聲疊韻。例如庳從卑得聲，讀若逋，卑逋是雙聲，綹從咎得聲，讀若柳，咎柳是疊韻。這又可見庳逋是同邦紐，咎柳是同耕類。還有不同紐不同類的，又可由旁轉以通之，或由對轉以通之。例如尪讀若求，尪從九得聲，九屬於見紐的，求屬於羣紐的，這個讀若，就是見紐和羣紐旁轉，又如鮒從付得聲，讀若茸，付和茸不同類，這就是東侯的對轉。聲類詳細的用法，可查考本書乙編內所載的聲母和韻母各表。

## 第五節　甲骨文研究

甲骨文又可簡稱為契文，契文自孫貽讓研究以來，經過羅振玉王國維考釋，漸有成書。惟王氏曾說過：他自己和羅氏所得發明者，不過十之二三；而文字之外，若人名，若地理，若禮制，有待於考究者尤多，所以學者對於契文的研究，倒是一件很要緊的事。現在可據為先導的有羅振玉的殷商貞卜文字考，殷虛書契考釋，王國維的戩壽堂所藏殷虛文字考釋。貞卜文字考，分考史、正名、卜法、餘說四類；除去考史、卜法、餘說不關於文字學外，其正名一篇的四項功用，就是㈠知道史籀大篆就是古文，不是另外有創造；㈡知道古代象形的文字，只像物形，不拘於文的繁簡；㈢可以和古金文相發明；㈣可以糾正許書的錯誤。殷虛書契考釋，分都邑、帝王、人名、地名、文字、卜辭、禮制、卜法八篇；經羅氏考釋，約有五百字，其形義可以全知道的，約有五十餘字，其形義可以知道而聲不可以知道的，約有二十餘字，其聲義都不可以知道而又見於古金文的。王氏的考釋，亦頗多發明，和羅氏相得益彰。羅王之外，有王襄的簠室殷契徵文考釋，葉玉森的說契，研究枝談，殷契鉤沈，葉氏書又有改正羅氏王國維王襄及最初孫仲容之處。近年來又有時人根據羅氏王國維王襄葉氏林泰輔明子宜董作賓商承祚鄒安容庚諸家之書，成甲骨文字研究，諸家在契文本身上發明，比較周密的，除孫仲容而外，當推羅氏為開山，王襄兩家，均能獨闢蹊徑以求勝前人，其便於檢查的，則有商承祚的殷虛書契類編，王襄的殷契類纂，類編是完全照說文部首排列的，說文部首有字而契文無字者，類編闕之，例如說文玨部後，繼以气部士部丨部，而類編則於玨部後即繼以中字，中就是說文丨部裏的中字，商氏考釋完全依羅說，亦有採取王國維者，間亦竊附己意，類纂的正編，最錄可識的文字八百七十三，重文二千一百十，都凡二千九百八十三，難準確認識的文字，都凡一千八百五十二為存疑，其不能錄到存疑裏的，字數有一百四十二為待參，合起文二百四十三，就成為附篇，這書和商氏的類編都便於檢查，可進而窺諸家考釋，再發明諸家所未發明的，這樣做去是很便當的。

## 研究的問題

(一)今本說文字數是否有益奪？

（二）何謂重文？

（三）何謂同部重文？

（四）何謂異部重文？

（五）何種重文比較難看得出來？

（六）說文俗體是否合於六書？

（七）說文或體是否合於六書？

（八）說文讀若分幾種？與聲韻有何關係？

（九）說文部首是否應當增削他？

（十）甲骨文有何功用？應當如何研究他？

參閱的書籍

（一）章太炎文始．

（二）章太炎小學答問．

（三）馬一初說文解字研究法．

(四)桂未谷說文義證

(五)馬一初六書解例。

(六)孫詒讓名原。

(七)羅振玉殷商貞卜文字考。

(八)王國維戩壽堂所藏殷虛文字考釋。

(九)羅振玉殷虛書契前編,後編。

(十)王襄殷契類纂。

## 第六章　糾正謬誤

普通常用的字，不能先確定他的形，就不能辨別他的音；音既誤而義亦不得不誤，有時音雖不誤，而實誤用他的義。這就是在古人約定成俗的通借之外，又發生一種寫別字的通借。所以研究文字學的人，對於形聲義三要素，是缺一不可的。現略將流俗誤用的字和形體易混的字，錄在下面，以見形聲義在文字學上斷無可淆亂之理。

一　流俗誤用的字。

須　俗誤用湏，湏、古文沬字。

飢　俗用為饑，饑、穀不熟也，與飢餓不同義。

聽　俗誤用听，听、笑貌也，从口斤聲。

本　俗誤用夲，夲、進趣也，从大十，讀若滔。

聖　俗誤用圣，圣、汝潁之間，謂致力於地曰圣。从又土，讀若兔鹿

窟苦骨切

蝨　俗誤用虫,虫、許偉切,一名蝮,博三寸,首大如擘指,象其臥形.

實　俗誤用寔,寔、寔正也,(從段玉裁改正)从宀是聲.

與　俗誤用与,与、賜予也,一勺為与,此與予同意,段玉裁曰:以一推勺,猶以丨推⊠也,故曰同意,與、攩與也,从舁義,取共舉不同与也.

薦　俗誤用荐,荐、荐席也,从艸存聲,與薦艸也不同義.

然　俗誤用肰,肰、犬肉也,如延切,讀若然.

隱　俗誤用阭,阭、高也,从𨸏允聲.

機　俗誤用机,机、机木也,从木几聲.

## 二　形體相混的字

溼　幽溼也,从水,一所以覆也,覆而有土,故溼也,俗誤以為與濕通,濕、水名,他合切,水出東郡東武陽入海.

沐　濯髮也，莫卜切，俗誤以為與沭通。沭、食律切，沭水出青州浸。

券　契也，从刀，𠔉聲。券別之書，㠯刀判契其旁，故曰書契。俗誤以為與劵通。劵、勞也，从力，𠔉聲。

脣　口耑也，从肉，辰聲。俗誤以為與唇通。唇、驚也，从口，辰聲。

謚　行之迹也，从言兮皿闕。俗誤以為與諡通，但段玉裁注說文以謚本當作諡，刪謚篆，並刪訓笑貌之謚篆，如是就僅有諡而無謚。

專　六寸簿也，从寸，叀聲。引申為專壹之義。俗誤以為與耑通。耑、物初生之題也，上象生形，下象根也，多官切。

陝　弘農陝也，古者虢國王季之子所封也，从𨸏，夾聲，失丹切。俗誤以為與陜通。陜、隘也，从𨸏，夾聲。

附注　以上流俗誤用的字，和形體相混的字，都已各舉出若干來，使學者在形聲義上尋分別，並且都是最容易誤用和相混的字，凡所舉出的均見諸說文，其他見諸玉篇唐韻集韻之後起字，及一切俗陋字書所載，以非本篇範圍所及皆不錄。

研究的問題

(一)形聲義如何研究他？

(二)從形聲義上研究還有誤用的字嗎？

(三)從形聲義上研究還有形體相混的而不能辨別嗎？

參閱的書籍

(一)李文仲字鑑。

(二)張有復古編。　曹本續復古編。

(三)周伯琦六書正譌。

# 乙編　聲音部分

## 第一章　聲音總論

人類有生之初，就自然會從口腔發出一種聲音來。這一種聲音，當然由生人之氣，因感動而發出來的，不過當他發出來的時候，必經過某一種部分；有觸於牙而發出來的，有觸於喉舌而發出來的，有觸於齒脣而發出來的，這就是由聲帶振動而後聲氣就與口部接觸，在聲音學上名之曰阻(obstruction)。聲氣流於口中，有各種作阻的部位，所以發出來的聲音也就不同。雖然各地有各地人作阻的特別狀況，古人和今人也有作阻的特別狀況，而大致由聲氣經過種種變化，成為有組織的語言聲音，這是從聲音學上可以證明的。原來語言的成功，就是成功了一個一個的聲音。這一個聲音成功之先，由聲帶發出來的聲氣，和口腔某一部分接觸的時候，已經發生了兩種音了，由這兩種聲音配合之後，結果就成功一個有組織的語言聲音，兩種聲音的名稱；一種就是母音，如外國文所稱的vowel，一種就是子音，如外國文所稱的Consonant，在中國音韻學上，稱子音或稱為紐，或稱為聲類，或稱為聲母，母音則稱為韻，或稱為韻母，子音就是發聲的，母音就是收聲的，發聲的如外國字母『a』『e』『i』『o』『u』之外的字母皆是，即『b』『d』『f』『g』等。收音的如『a』『e』『i』『o』『u』五母皆是，其實將『a』『i』併為一音，由這一個音而讀為e讀為o，讀為u，就和中國等韻學上所講的開齊合撮是一樣。

但是子音和母音，究竟怎樣配合起來，而成一種有組織的語言音呢？這是因為聲氣和齒牙喉舌脣接觸的時間，同時要將這接觸過的元音收起來，就很有幾種變化，舌頭有升降前後的狀況，脣有輕重的形狀，鼻空有用和不用的狀況，肌肉有寬緊的狀況，音有長短純複的分別，這樣發出來的聲音，就稱為母音，他所有的變化，在聲音學上辨別得很細微，比較子音繁得多，這裏是舉他變化的大概，也就知道他和子音併合的狀況了。人類有組織的語言聲音，就是母音和子音併合的一個結果。我們對於聲音的原理，既能得到真切的了解，那麼古人的聲音何以簡，後人的聲音何以繁，這地方人的聲音和那地方人的聲音，何以有相異之點，都可以就聲母(子音)韻母(母音)把他一一的分析出來了。現在通行的國音字母，聲母二十四，介母三個，韻母十三個，就是要依前人的成法，損益舊日的聲母韻母，把全國流行的聲音，重行整齊一下。研究文字學的人，從文字的形體，研究到文字的聲音，可以知道歷代文字的聲音變遷，又可以知道今日我們所用的文字，為甚麼要讀成今日通行的國音。

# 第二章　聲母和韻母

## 第一節　聲母之分類

聲母本就是子音，前已說過，他的用法，就是類聚許多同一個發聲的字，用一個字的音來做這許多同一發聲字的音標。中國從前沒有音標，只有所謂雙聲，雙聲的字就是同一個發聲，就可以同一個音標。雙聲之理，雖然早已有了，雙聲的名稱，到了南史謝莊傳內才發見的；疊韻的名稱，也是同見於此，恰巧人人感覺到雙聲字的音，沒有方法可以歸納，他竟有唐朝末年的沙門守溫作了三十六個字母，可以貫起各類的雙聲字音，這是最便利的一件事。不過字母家分類的方法，各有不同，所以錢玄同又重行改定一下：即是從前稱喉的改為深喉，稱牙的改為淺喉，稱舌頭、半舌、舌上的統稱為舌音，稱齒頭、正齒、半齒統稱為齒音，稱重脣、輕脣的統改為脣音，列表如下：

| | |
|---|---|
| 深喉音 | 影　喻 |
| 淺喉音 | 見　溪　羣　曉　匣　疑 |
| 舌音 | 端知照　透徹穿　定審　来澄禪　泥娘日 |
| 齒音 | 精　清　從牀　心　斜 |
| 脣音 | 幫非　旁敷　並奉　明微 |

聲母又稱為紐，佛書稱聲母為字母，每令人不能一目了然，因為聲母之外，還有韻母，所以用字母的名稱，頗覺有點相混。今定為聲母，質言之，則稱為紐。

## 第二節　聲母由省併而復分

守溫雖作字母，然僅有三十六個，考諸魏晉以至隋唐的音，實不止此。所以陳澧做切韻考，覺到廣韻內所含的聲母，確是在三十六個之外，還要加添五個。他以為這四十一個聲母，一定是孫叔然以來相傳之雙聲標目；他又以為字母的名稱，是不適於用的，所以他名聲母為聲類。但是守溫所以比陳澧少五個聲母的原因，是因為這五個聲母，以語言變遷的關係，到了唐朝末年已經廢棄不用了。守溫所作的三十六個字母，完全是根據他那時代的聲音做成功的；等於國音字母，完全是根據近代的聲音做成功的。或者陳澧增加的五個聲母，就是守溫廢掉併入其他字母中去的，也未可知，這又等於國音字母也有省併的聲音。這樣看來，可算是一個道理。增加的五個聲母，就是深喉音「于」，舌音「神」，齒音「莊」「初」「山」。今再在下面列一個聲母由省併而復分的表。

| 深喉音 | 淺喉音 | 舌音 | 齒音 | 脣音 |
|---|---|---|---|---|
| 影 | 見 | 端知照 | 精 [莊] | 幫 非 |

| | | | | |
|---|---|---|---|---|
| 喻 | [于] | | | |
| 溪 | 羣 | 曉 | 匣 | 疑 |
| 透徹穿 | 定澄[神] | 來娘審 | 泥禪 | 日 |
| 清[初] | 從牀 | 心[山] | 斜 | |
| 滂敷 | 並奉 | 明微 | | |

這個表就是照守温原有的字母，分出五個聲母有[ ]符號的，錢玄同云：「喻與于，知與照，徹與穿，澄與神，精與莊，清與初，從與牀，心與山，非與敷，今昔皆不能分別。又深喉影紐自發至收，始終如一，實為純粹之母音，不必更贅以紐。故四十一紐，今日能分別者，惟喻、見、溪、羣、曉、匣、疑、端、透、定、來、泥、照、穿、神、審、禪、娘、日、精、清、從、心、斜、幫、滂、並、明、非、奉、微之三十一紐而已。」

## 第三節 聲母的清濁和戛透轢捺

聲音發出的時候，其作阻的部位，就是喉舌齒脣的幾處，喉音有喉音的清濁，舌音有舌音的清濁，齒音有齒音的清濁。大致發音的時候，用力輕的，就是清音，用力重的，就是濁音。例如見母和曉母是清音，羣母和匣母是濁音。又發音時有戛、透、轢、捺的四種狀況（這是說發音的狀況，與前說收音的狀況不同。）本是勞乃宣發明的，勞氏曾做過等韻一得，他在這書中說過「音之生由於氣，喉音（錢氏謂即深喉。）出於喉，無所附麗，自發聲至收聲，始終如一，直而不曲，純而不雜，故獨為一音，無戛透轢捺之別。（錢氏謂即因影紐是母音之故，喻于二紐，即影之變，雖發收微異，然與他紐究不相同。）鼻（錢氏謂即淺喉。）舌齒脣諸音，皆與氣相遇而成氣之遇於鼻舌齒脣也。作戛擊之勢而得音者，謂之戛類，作透出之勢而得音者，謂之透類，作轢過之勢而得音者，謂之轢類，作按捺之勢而得音者，謂之捺類」。勞氏發明戛、透、轢、捺四種發聲的狀況說得很為清楚；例如淺喉音的見母，舌音的端母，都屬於戛類，淺喉音的溪母，舌音的透母，都屬於透類。淺喉的曉母，舌音的來母，都屬於轢類，淺喉音的疑母，舌音的泥母，都屬於捺類。茲再將四十一紐的清濁和戛、透、轢、捺、列為表。

| | 戛類 | 透類 | 轢類 | 捺類 | |
|---|---|---|---|---|---|
| 深喉音 | 影喻于 | | | | 清濁 |
| 淺喉音 | 見羣南音 | 溪羣北音 | 曉匣 | 疑 | 清濁 |
| 舌音 | 端定南音 | 透定北音 | 來 | 泥 | 清濁 |
| | 知澄南音 | 徹澄北音 | | 娘 | 清濁 |
| | 照神南音 | 穿神北音 | 審禪 | 日 | 清濁 |
| 齒音 | 精從南音 | 清從北音 | 心斜 | | 清濁 |
| | 莊牀南音 | 初牀北音 | 山 | | 清濁 |
| 脣音 | 幫並南音 | 滂並北音 | | 明 | 清濁 |
| | 非奉南音 | 敷奉北音 | | 微 | 清濁 |

除去影紐為純粹的母音之外，戛透兩類之中，只有一個濁音，兩個清音。從來談聲音學的人，每每把一個濁音，不是屬於透類，就是屬

於戞類，或是把平聲屬於透類，而把上去入屬於戞類，那都是不對的。要知道這一個濁音，實包含戞類、透類的讀法，南方人就讀成戞類的濁，北方人則平聲就讀成透類的濁，上去入都轉為戞類的清，這是經過李光地、勞乃宣、太炎章先生諸家辨別出來的。

## 第四節　韻母

韻母就是母音，就是收聲，就是收的天然聲音，這一種聲音，是凡在地球上人類，都是有的。中國古代有宮、商、角、徵、羽、五音之說，這就是說這五個音是天然的收聲，外國文字母內 a e i o u 也是和宮、商、角、徵、羽、一樣的。可以說中國自陸法言所發明的韻母，分為二百六韻，都能容納到古代說的五個收音宮、商、角、徵、羽裏頭。五音本來有個口訣，就是：欲知宮，舌在中；欲知商，舌大張；欲知角，舌後縮；欲知徵，舌抵齒；欲知羽，脣上取。不過這樣說法有點不大妥當，因為說徵音和羽音，容易和子音相混，所以後人又改了等呼的名稱。這個名稱怎樣起的呢？

原來一個音的呼出，本有開口合口的不同，開口合口，又各有洪音細音的不同：開口的洪音為開口呼，就簡稱他是「開」；開口的細音為齊齒呼，就簡稱他是「齊」；合口的洪音為合口呼，就簡稱他是「合」；合口的細音為撮口呼，就簡稱他是「撮」。潘耒曾經在他著的音類裏說過：「初出於喉，平舌舒脣，謂之開口，舉舌對齒，聲在舌腭之間，謂之齊齒，斂脣而蓄之，聲滿頤輔之間，謂之合口，蹙脣而成聲，謂之撮口」。足見音的呼出，只有開合二等，而開合又各分為洪音細音，所以由二等而成為四等。劉熙載曾用欸、噫、烏、于四個音，說明開、齊、合、撮的功用，也是很對的。他以為用齊齒讀欸，就是噫的音，用合口讀欸，就是烏的音，用撮口讀欸，就是于的音，讀其餘三個音，也是用這個法子，我們驗出來却是不錯。不過這是他用一個音貫通三個音的例子，那麼，在音韻學上，要遵照等呼的方法，還是應從開口合口而各分出洪細的聲音來，等呼的方法既定，則以後發明的韻攝，都可以在每攝之中將各韻母呼為四等，可見開齊合撮的功用實在不小。

研究的問題

(一)怎樣叫做子音？
(二)怎樣叫做母音？
(三)聲母怎樣發明出來的？
(四)紐和聲母相同嗎？
(五)勞乃宣發明的戛透轢捺與聲母有何關係？
(六)怎樣叫做韻母？
(七)用甚麼音來包括一切的韻母？
(八)怎樣叫做韻母？
(九)本來最初的口呼有幾等？
(十)怎樣證明開齊合撮的功用？

參閱的書籍

(一)劉熙載四音定切．

(二)楊中修切韻指掌圖．

(三)江永音學辨微．

(四)江永四聲切韻表．

(五)咫進齋叢書本四聲等子．

(六)潘耒類音．

(七)李汝珍音鑑．

(八)顧炎武音論．

(九)勞乃宣等韻一得．

(十)錢玄同文字學音篇．

# 第三章　聲韻的通轉

## 第一節　聲部之通轉

聲部的通轉，以江謙氏說得最為明白，他在他著的說音中曾說過通轉的規則，於聲的轉變，頗為詳密。但欲知道他說的通轉，須先看他所定的聲母表，江氏聲母表的分類，與錢氏略有不同。茲列表於後。

江謙聲母分類表

| 部位 | 聲母 | | | | |
|---|---|---|---|---|---|
| 深喉 | 見〃見 | 溪〃溪 | 羣〃羣 | 疑〃疑 | |
| 淺喉 | 曉 | 匣 | 影 | 喻 | |
| 舌頭 | 端(知) | 透(澈) | 定(澄) | 泥(娘) | 來(日) |
| 舌上 | 知 | 澈 | 澄 | 娘 | 日 |
| 舌上變齒 | (知) | (澈) | (澄) | (日) | |
| 正齒 | 精 | 清 | 從 | 心 | 斜 |
| 粗齒 | 照 | 穿 | 牀 | 審 | 禪 |
| 重脣 | 幫(非) | 滂(敷) | 並(奉) | 明(微) | |
| 輕脣 | 非 | 敷 | 奉 | 微 | |
| 脣音入喉 | (非) | (敷) | (奉) | | |

我們要根據江氏定的表，研究他說的聲部通轉，不妨將他這表先說明一下；表中有〃符號的，是表示聲母有柔聲就有剛聲，他並且說：「曉必增匣，影必增喻，以此例之，則見必增見〃溪必增溪〃疑必增疑〃，若謂見可該見〃溪可該溪〃疑可該疑〃，以此例之，則曉可該匣，影可該喻，無庸增匣增喻，可知造聲母者，未能闡發一陰一陽之妙用，故義例不一。」他又說：「以曉匣影喻一陰一陽之例推之，泥來也，精照也，清穿也，心審也，亦符一陰一陽之例，其他聲母，或偏於陰，或偏於陽，不能一致，其實每一聲母，皆有一陰一陽之用，本之天籟，無古今南北皆然。」看江氏這兩段說話，就知道每一聲母都應當有陰陽柔剛，他不過舉出見〃溪〃羣〃疑〃做代表罷了。他另外有聲母柔剛表，大致說見見〃猶吉閣，溪〃溪猶乞殼，羣羣〃即見之濁，疑疑〃猶熱岳，其餘的可以類推，這裏不詳舉了。

現在我們要講他聲母通轉的例子，他表中的小字而加以（）符號的，就是表明古今的發聲雖然不同，而實際却是一貫的。如知澈澄娘日，古讀如端透定泥來，（今福建江西撫州是）非敷奉微，古讀如幫滂並明，（今潮汕是）表中於舌頭附入知澈澄日，於重脣附入非敷奉微，就是要把古音存留着，從這裏就可以看出聲的通轉來。又非敷奉讀如曉匣，舌上舒為齒音，齒音縮入舌上，舌上混入深脣，也都可以看出出軌的通轉來。

江氏於聲母通轉的例子曾說過：「凡同一聲母之字，無論或為陰聲，或為陽聲，皆謂之雙聲，亦謂之同紐。如堅固，如健剛，同為見母；如啟開，如頃刻，同為溪母是也。若一為見母，一為溪母，則謂之旁紐雙聲，若覯之與看，朅之與去，間之與嵌是也。推之見溪羣疑曉匣影喻，深脣淺脣，皆有相互環通之妙，亦可謂之寬格的旁紐雙聲。」根據江氏通轉的條例，可以分析出來略為舉例於下，以見聲母通轉的一斑。

1、見與溪為近轉，而與曉匣影喻疑為旁通。

例如學，古讀見母同各，今普通讀如曉匣母，又吳音讀如喻母。

例如鶴，古讀見母同鵠，今普通讀如匣母，又吳音讀如疑母。

例如學校、河、湖、普通讀如曉匣母。今吳音讀如影喻。

2 端與透為近轉，而與知澈澄娘日泥來為旁通。例如杜、同、徒等字，古今多端透兩讀。例如至普通讀知母，或讀為到，或讀為抵，這就屬於端母。例如蒯徹改名通，徹通就是澈透之通。道路就是端泥之通，吳音讀錢如田如連，就是齒舌之通等。

3 精照與清從穿牀為近轉，而與心邪銅審禪為旁通。例如孟子助者藉也，助藉就是清穿通轉。序者射也的序射，是心審通轉。尚書的茲字，孟子的此字斯字，是照穿審的通轉。論語政者正也，政正是同音的照母，又有精清心讀如金輕欣照穿審讀如叫牽筍，這又是以齒音讀如見溪曉了。

4 幫與滂非與敷為近轉，而與明微為旁通。例如敷政，古讀如布政，是敷幫通轉。敷時改作鋪時，是敷滂通轉。

又吳音讀蚊如門，物事讀沒事，這都是微母通明的證據。以上約略舉出例子來，可見古今和各地方的發聲，有許多不同之處，假如不從聲母表上講通轉，那古今人的語言，各地方的方言，真令人無從捉摸了。本章本節要採取江氏的聲母分類表，係就他的分類而談通轉，至於和錢氏的聲母分類表，略有殊異，是沒有關係的，因為聲母表無論怎樣分類，而聲的通轉例子，是絕不變動。研究文字學的人，這一點要弄明白，才可以談形聲義的一貫，除去本章本節講聲的各部通轉，那還是據錢氏的表，比較簡單概括些。

## 第二節　韻部的通轉

隋朝陸法言作切韻，分為二百六韻，他是要明古今韻的沿革。切韻雖已亡佚，然今之所傳之廣韻，仍是法言的遺法。在法言之前，雖有李登作聲類，呂靜作韻集，周顒作四聲切韻，及其他諸家所作的韻書，但都已不存。所以講到廣韻，當然要推究他根據法言的二百六韻，二百六韻的分法，是因為一個音的留聲有長短而分為四，平聲五十七韻，上聲五十五韻，去聲六十韻，入聲三十四韻，這就叫做四聲的分法，茲即以四聲相承表列二百六韻，以明其音變，兼以令學者得先知道廣韻的大概：

| 平聲上 | 上聲 | 去聲 | 入聲 |
| --- | --- | --- | --- |
| 東一 | 董一 | 送一 | 屋一 |
| 冬二 | [湩]附腫 | 宋二 | 沃二 |
| 鍾三 | 腫二 | 用三 | 燭三 |
| 江四 | 講三 | 絳四 | 覺四 |
| 支五 | 紙四 | 寘五 | |
| 脂六 | 旨五 | 至六 | |
| 之七 | 止六 | 志七 | |
| 微八 | 尾七 | 未八 | |

| | | | |
|---|---|---|---|
| 魚九 | 語八 | 御九 | |
| 虞十 | 麌九 | 遇十 | |
| 模十一 | 姥十 | 暮十一 | |
| 齊十二 | 薺十一 | 霽十二 | |
| | | 祭十三 | |
| | | 泰十四 | |
| 佳十三 | 蟹十二 | 卦十五 | |
| 皆十四 | 駭十三 | 怪十六 | |
| | | 夬十七 | |
| 灰十五 | 賄十四 | 隊十八 | |
| 咍十六 | 海十五 | 代十九 | |
| | | 廢二十 | |
| 眞十七 | 軫十六 | 震二十一 | 質五 |

諄十八　臻十九　文二十　殷二十一　元二十二　魂二十三　痕二十四　寒二十五　桓二十六　刪二十七　山二十八

平聲下

先一

準十七　[𪗨]附于隱　吻十八　隱十九　阮二十　混二十一　很二十二　旱二十三　緩二十四　潸二十五　產二十六

銑二十七

稕二十二　問二十三　焮二十四　願二十五　慁二十六　恨二十七　翰二十八　換二十九　諫三十　襇三十一

霰三十二

術六　櫛七　物八　迄九　月十　沒十一　麧附于沒　曷十二　末十三　黠十四　鎋十五

屑十六

仙二　蕭三　宵四　肴五　豪六　歌七　戈八　麻九　陽十　唐十一　庚十二　耕十三　清十四

獮二十八　篠二十九　小三十　巧三十一　皓三十二　哿三十三　果三十四　馬三十五　養三十六　蕩三十七　梗三十八　耿三十九　靜四十

線三十三　嘯三十四　笑三十五　效三十六　號三十七　箇三十八　過三十九　禡四十　漾四十一　宕四十二　映四十三　諍四十四　勁四十五

薛十七　藥十八　鐸十九　陌二十　麥二十一　昔二十二

青 十五
蒸 十六
登 十七
尤 十八
侯 十九
幽 二十
侵 二十一
覃 二十二
談 二十三
鹽 二十四
添 二十五
咸 二十六
銜 二十七

迥 四十一
拯 四十二
等 四十三
有 四十四
厚 四十五
黝 四十六
寑 四十七
感 四十八
敢 四十九
琰 五十
忝 五十一
豏 五十二
檻 五十三

徑 四十六
證 四十七
嶝 四十八
宥 四十九
候 五十
幼 五十一
沁 五十二
勘 五十三
闞 五十四
豔 五十五
㮇 五十六
陷 五十七
鑑 五十八

錫 二十三
職 二十四
德 二十五
緝 二十六
合 二十七
盍 二十八
葉 二十九
怗 三十
洽 三十一
狎 三十二

| | | | |
|---|---|---|---|
| 嚴二十八 | 儼五十四 | 釅五十九 | 業三十三 |
| 凡二十九 | 范五十五 | 梵六十 | 乏三十四 |

冬韻的上聲，只有「湩都鴆切、⿺走鳥膧莫湩切」三字，附於鍾上的腫韻中。臻韻的上聲，只有「⿰角秦⿱亲木及謹切、齔初謹切」三字，附於殷上的隱韻中。表面上雖少兩韻，內容仍是五十七韻。

臻韻的去聲無字，所以多祭泰夬廢四韻。

平聲五十七，加去聲的祭泰夬廢四韻，就是六十一韻，這六十一韻之中，陰聲有二十六韻，陽聲有三十五韻，陰聲即平聲的上去在內支脂之微魚虞模齊佳皆灰咍蕭宵肴豪歌戈麻尤侯幽和去聲無平上的祭泰夬廢諸韻是，陽聲即平聲的東冬鍾江真諄臻文殷元魂痕寒桓刪山先仙陽唐庚耕清青蒸登侵覃談鹽添咸銜嚴諸韻是，所謂陰聲的，是音下於喉而不上揚，陽聲是音不下收而上出於鼻，而陽聲的收鼻音又可分三種：丿撮脣鼻音，又稱侈音，如[illegible]是，[illegible]上舌鼻音，又稱弇音，如ㄣ是，ㄋ獨發鼻音，又稱軸音，如ŋ是，陽聲三十五韻之中，收m音的，如侵覃談鹽添咸銜嚴凡是，收ㄣ音的，如真諄臻文殷元魂痕寒桓删山先仙是，收ŋ音的，如東冬鍾江陽唐庚耕清青蒸登是，其實陰聲和陽聲，都是同一個母音，只以有無鼻音為分別。凡陰聲加了鼻音，就是陽聲，陽聲去了鼻音，就是陰聲。若入聲是介於陰陽之間的，所以和陰聲陽聲都能通轉

韻的平上去入和陰聲陽聲既已明白，那於古代韻的通轉，不妨略說一下，以求貫通。韻的通轉，太炎章先生所作之成均圖，可謂造其精微，他分古韻為二十三部，從前孔廣森發明韻部對轉，章氏又益之以陰軸陽軸旁轉對轉次旁轉次旁對轉，是孔氏所未見到的，章先生曾批評孔氏的聲類說：

『孔氏所表，以審對轉則優，以審旁轉則疐，辰陽鱗次，脂魚櫛比，由不知有軸音，故使經界華離，首尾橫決，其失一。

緝盍二部，雖與侵談有別，然交廣人呼之，同是撮脣，不得以入聲相格，孔氏以緝盍為陰聲，其失二。對轉之理，有二陰聲同對一陽聲者，有三陽聲同對一陰聲者，復有假道旁轉以得對轉者，非若人之處室，妃匹相當而已。孔氏所表，欲以十八部相對，伉儷不踦，有若魚貫，真諄二部，勢不得不合為一，拘守一理，遂令部曲掍殽，其失三。」

看章先生說是因孔氏知對轉而不知旁轉，不知有軸音，故有諸失，茲再將孔氏聲類略說明如下：

孔氏析「東」「冬」而為二，為十八類，陰陽對轉。

陽聲九：一曰原類，二曰丁類，三曰辰類，四曰陽類，五曰東類，六曰冬類，七曰侵類，八曰蒸類，九曰談類。

陰聲九：一曰歌類，二曰支類，三曰脂類，四曰魚類，五曰侯類，六曰幽類，七曰宵類，八曰之類，九曰合類。

丁辰通用，支脂通用，冬侵蒸通用，幽宵之通用。
看孔氏的分類和對轉，就知道章氏的批評是對的。章氏的韻目表，上列陽聲，下列陰聲，為對轉，如下表。

| 陽聲 | 陰聲 |
| --- | --- |
| 寒 | 歌泰 |
| 諄 | 隊脂 |
| 真 | 至 |
| 青 | 支 |
| 陽 | 魚 |
| 東 | 侯 |
| 侵冬（緝） | 幽 |
| 蒸 | 之 |
| 談（盍） | 宵 |

觀上表，數部同居者，同一對轉。

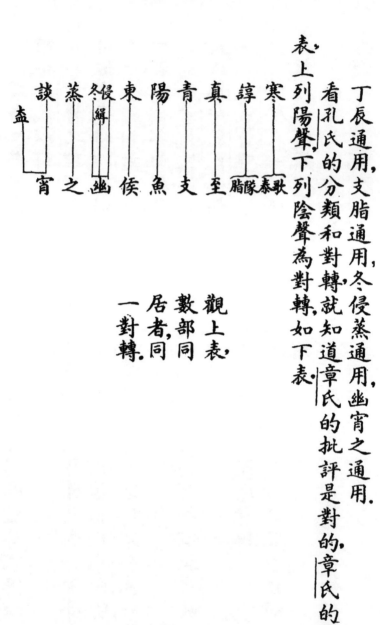

章先生發明的成均圖如次

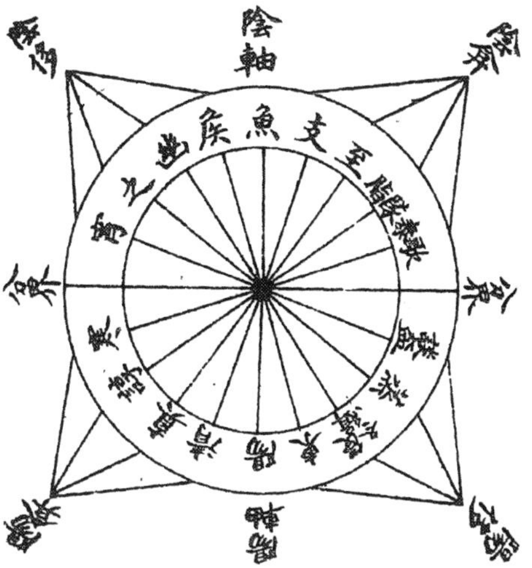


說明　成均圖分為二十三部，古之言韵曰均，如陶均之圓，韵韻皆為後起字。

陰弇與陰弇為同列.
陽弇與陽弇為同列.
陰侈與陰侈為同列.
陽侈與陽侈為同列.
凡同列相比為近旁轉.
凡同列相遠為次旁轉.
凡陰陽相對為正對轉.
凡自旁轉而成對轉為次對轉.
凡陰聲陽聲雖非對轉,而以比鄰相出入者,為交紐轉.
凡隔軸聲者不得轉,然有間以軸聲隔五相轉者,為隔越轉.
凡近旁轉次旁轉正對轉次對轉為正聲.
凡交紐轉隔越轉為變聲.
就以上各通轉舉例.

陰弇近旁轉　例如兀在隊部，月在泰部，而跀亦為𧿒，抈亦同扤，

陰弇次旁轉　例如此從匕聲，本在脂部，而是斯二字同借為此，則轉入支部，示聲的字，詩經多入脂部，周禮以示為祇，左氏傳提彌明，公羊傳作祁，史記作示，可見示是出入支脂二部的。

陽弇近旁轉　例如堇聲在諄部，難漢等字從之，則入寒部，貫聲在寒部，琨之或字從貫作瑻，則入諄部。

陽弇次旁轉　例如詩巧笑倩兮，美目盼兮，倩在青部，盼在諄部，而倩盼為韻，子夏引詩，倩盼又與絢韻，這是青諄眞三部都相轉了。

陰侈近旁轉　例如求聲之字，皆在幽部，而詩中的裘字，與梅貍試為韻，則轉入之部。

陰侈次旁轉　例如音聲在侯部，所以昜以蔀斗主為韻，而陪倍諸字多讀入之部。

陽侈近旁轉　例如營本在冬部，或作芎，則讀入蒸部．

陽侈次旁轉　例如坎侯即空侯，史記書張孟談趙談作張孟同趙同，這就是東談的次旁轉．

弇聲對轉　例如憲得聲於害，璿得聲於睿，巘得聲於獻，兌得聲於泰，這是寒和泰的對轉．祼讀如灌，閔讀如縣，獻尊即犧尊，桓表即和表，這是寒和歌的對轉．

侈聲對轉　例如禫服作導服，味道作味覃，侵從帚而音亦與帚相轉，寑訓宿而音亦與宿相轉，冘豫即猶豫，栠弱就是柔弱，這都是侈聲侵和幽對轉．

弇聲次對轉　例如詩經說麟之定，毛傳訓定為顛，本亦作題，說文媞讀若瑱，這就是真和支的弇聲次對轉．

侈聲次對轉　例如東借為督，縱訓為縮，冢之音義得於冂，用之音義同於由，這就是東和幽的侈聲次對轉．

軸聲對轉　例如亡無同訓，荒蕪同訓，這就是陽和魚的軸聲對轉。

交紐轉　例如斡之與槀，乾之與豪，翰之為高，乾之為槀，這就是寒和宵隔以空界的交紐轉。

陰聲隔越轉　例如宵不及對青，支不及對談，適與他陰聲支宵隔越相轉，所以蟰蛸為蠨蛸，左膘為左髀，蟰和蠨，膘和髀，都是以軸聲隔五的隔越轉。（以檢圖可瞭然）

陽聲隔越轉　例如陰聲支宵既隔五而轉，陽聲青談也隔五而轉，公羊經敬嬴作頃熊，說文耆讀耿介的耿，嬴和熊，耆和耿，就是青談隔五的隔越轉。（以檢圖可瞭然）

## 第三節　發音機關

聲母和韻母，就是發聲和收聲，在前面已講過了。但講到聲部和韻部的通轉，仍不外乎發聲和收聲兩點，這兩點成功之由，總還是人口的輔助作用，不論古今聲韻的變遷，都是依賴這人口的構造而變化的，人口的構造，可以分出十四項，茲演為圖，為研究聲韻通轉者開始的一助。

發音機關圖

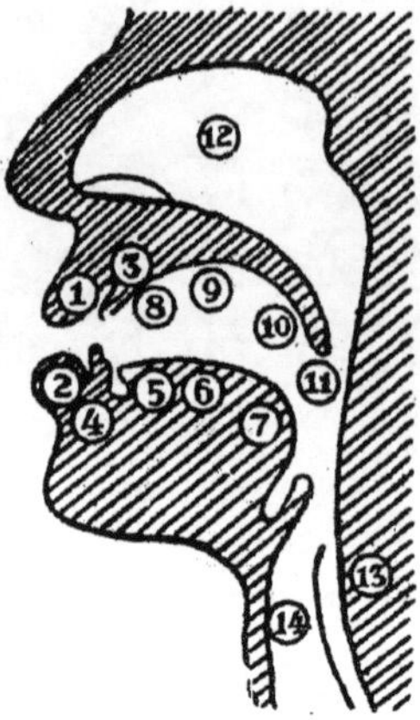


看上圖人口構造的發音機關，1為上脣，2為下脣，3為上齒，4為下齒，5為舌尖，6為舌面，7為舌背，8為牙齦，9為硬顎，10為軟顎，11為小舌，12為鼻空，13為食道，14為聲帶，照錢玄同聲母分類，只約以喉舌齒脣四類，（參看第二章第一節聲母分類表）江謙的分類雖詳，也只約以腭舌齒

脣。江氏的腭音，即錢氏的喉音，（參看本章第一節江謙聲母分類表）(天)本節所欲說明的發音機關，並不是要合於聲母的分類，是要知道發聲和收聲，最有關係於古今聲韻的通轉，其鼻空一項，陰聲和陽聲賴之以分別，最為顯明。

## 研究的問題

(一)江謙的聲母分類表和錢玄同的怎樣不同？
(二)江謙就曉匣影喻發明各聲母有甚麼聲音？
(三)江謙說音怎樣叫做近轉？
(四)江謙說音怎樣叫做旁通？
(五)韻書始於何時？
(六)何種韻書最古？
(七)廣韻韻目有幾何？他怎樣分類？
(八)章太炎分古韻為幾部？
(九)何謂韻的近旁轉次旁轉正對轉次對轉？

(十)何謂韻的交紐轉隔越轉?

參閱的書籍

(一)江謙說音.
(二)孔廣森詩聲類.
(三)嚴可均說文聲類
(四)朱駿聲說文通訓定聲.
(五)章太炎音理論.
(六)章太炎國故論衡小學略說全.
(七)廣韻.
(八)李光地等韻辨疑.
(九)戴震方言疏證.
(十)錢繹方言箋疏.

# 第四章　古代的聲韻

## 第一節　古聲的分類

在前章說的聲韻通轉，是要明白古今發聲的變遷，並且要由韻書發生之後，而能略知道古代韻的通轉條例。本章所要述的，就是要確定古代的聲和古代的韻。現在本節就是要先述古代的聲。古聲母又可稱為古紐。隋唐的時代，已經廢棄不用，其後雖略有考證，絕少準確的說明。但是到了明朝末年的時代，自顧亭林專考古音以來，其後有錢大昕能考明古代的聲母，錢氏作舌音類隔之說不可信和古無輕脣音兩篇。他要證明古代沒有知徹澄非敷奉微七個聲母，太炎章先生又做一篇古音娘日二紐歸泥說，證明古代也沒有娘日兩個聲母。黃侃又於廣韻的二百六韻中，證明有三十二個韻是古代的本韻，這三十二個韻就是：

陰聲　歌戈　灰　齊　模　侯　豪　蕭　咍
陽聲　寒桓　先　痕魂　青　唐　東　冬　登　覃　添
入聲　曷末　屑　沒　錫　鐸　屋　沃　德　合　帖

黃氏在這古本韻的三十二韻之中，證明古代的聲母只有影見溪曉匣疑端透定來泥精清從心幫滂並明十九個，照陳澧考明唐以前四十一個聲母，是根據廣韻考證的，（參看本編第二章第二節聲母由省併而復分的表）其中有二十二個聲母，不是古代本有的，而為後世變遷而生的。這就是黃氏考明的。茲以古聲的十九紐的表列於下。

古聲十九類表

| | | | |
|---|---|---|---|
| 深喉音 | 影（喻于） | | |
| 淺喉音 | 見（羣） | 溪 | 曉 |
| 舌音 | 端（知照） | 透（徹穿審） | 定（澄神禪） |
| 齒音 | 精（莊） | 清（初） | 從（牀） |
| 脣音 | 幫（非） | 滂（敷） | 並（奉） |

| | |
|---|---|
| 匣 | 疑 |
| 來 | 泥 娘日 |
| 心 山斜 | |
| 明 | 微 |

這一個聲母表，除正書的十九個聲母以外，有旁注的小字聲母，都是古代沒有的聲音。例如喻于二聲母併到影裏去，羣母併到見裏去，知照併到端裏去，其餘的可以類推。

## 第二節　古韻的分部

黃氏既將古聲併為十九類。又將廣韻二百六韻中的三十二個古本韻，列為二十八部，這樣一來古聲古韻，比較從前都能確定了。大抵由宋朝鄭庠作了古音辨，他分古韻是六部。到了明朝末年顧亭林作唐韻正。他分古音是十部。清朝的江永作古韻標準，分古音為十三部。殷玉裁作六書音韻表，分古音為十七部。戴震作聲類表，分古音為二十五部，孔廣森作詩聲類，分古音為十八部，王念孫分二十一部，到了章太炎氏成均圖作成，又分為二十三部，比較王氏格外的精密，而黃侃又根據章氏的成說，考定古本韻只有三十二個，（參閱本章第一節三十二韻表）因為開合的關係，廣韻就將歌戈、曷末、寒桓、痕魂、分為八部，所以併為四部，則三十二韻，當然為二十八部，不過這二十八部，在古代原沒有平上去入四聲的分別，但可以分別他的陰陽入三聲，他的陰聲八部，陽聲十部，入聲十部，今將此三十二韻就陰陽入分類列表如次：

古韻二十八部表

| 陰聲 | 入聲 | 陽聲 |
| --- | --- | --- |
| 歌戈 | 曷末 | 寒桓 |
|  | 屑 | 先 |
| 灰 | 沒 | 痕魂 |
| 齊 | 錫 | 青 |
| 模 | 鐸 | 唐 |
| 侯 | 屋 | 東 |
| 豪 | 沃 | 冬 |
| 蕭 |  |  |
| 咍 | 德 | 登 |
|  | 合 | 覃 |
|  | 帖 | 添 |

黃氏承太炎章先生之緒，分古韻二十八部，大致相同，惟分出入

聲錫鐸屋沃德五部，這是略異於章氏的黃氏推闡師說，係根據於廣韻的古本韻，茲參用錢玄同說，以廣韻的古本韻為主，而以今變韻及上去屬之，列為表如下。

| 古本韻 | 今變韻 | 某古韻的變韻 |
| --- | --- | --- |
| 東一屋一 | 東二屋二（送二同） | 冬的變韻，由本韻變同東韻的撮口呼。 |
| 冬沃（湩宋同） | 鍾燭（腫用同） | 東的變韻，由合口呼變為撮口呼。 |
| | 江覺（講絳同） | 東的變韻，由本韻變同唐韻的合口呼。 |
| | 支（紙寘同） | 齊歌戈三韻的變韻，齊韻有變紐的，（即齊的切語上一字有今聲類）歌戈二韻由本韻變同齊韻的。 |
| | 脂（旨至同） | 灰的變韻，由本音變同齊韻的。 |
| | 之（止志同） | 咍的變韻，由本音變同齊韻的。 |

齊　模
同霽薺同暮姥

微　同未尾
虞　魚　同遇麌同御語
祭
泰
皆　佳　同怪駭同卦蟹

灰痕魂三韻的變韻，都是由本音變同齊韻的.
模的變韻，由合口呼變為撮口呼.
模侯二韻的變韻，模由合口呼變為撮口呼，侯由本音變同模韻的撮口呼.
曷末沒三韻的變韻，都是由本音變為曷末的去聲齊撮呼.
曷末二韻的變韻，由入聲變為去聲，其切語的上字沒有今紐.
齊的變韻，由本音變同咍韻.
灰的變韻，由本音變同咍韻.

哈　灰
同代洽同隊賄

夬

廢

真質 同震軫

諄術 同稕準

臻櫛 同𧤏

文物 同問吻

殷迄 同焮隱

曷末二韻的變韻，由入聲變為去聲，其切語的上字是有今紐。

曷末二韻的變韻，由入聲的開口合口呼，變為去聲的齊口撮口呼。軫震同，先的變韻，由本音變為痕魂的齊撮呼。

魂先二韻的變韻，魂的合呼變為撮口呼，先變同魂的撮口呼。

先的變韻，由本音變為痕魂的齊撮呼。

魂的變韻，由合口呼變為撮口呼。

痕的變韻，是由開口呼變為齊齒呼的。

元月 同願阮
魂沒 同恩混恩
痕 同恨很
寒曷 同翰旱
桓末 同換緩
刪黠 同諫潸
山鎋 同襉產
先屑 同震銑
仙薛 同線獮
蕭 同嘯篠

寒桓二韻的變韻，是由本韻變同先韻的。

寒桓先三韻的變韻，寒桓二韻的切語上字有今紐，先韻由本音變同寒桓韻。寒桓二韻的變韻，其切語上字是有今紐的。

寒桓先三韻的變韻，寒桓二韻由本音變同先韻，先韻的切語上字有今紐。

豪（皓號同） 歌（哿箇同） 戈一（果過同） 唐鐸（蕩宕同）

宵（小笑同） 肴（巧效同） 戈二 戈三 麻（馬禡同） 陽藥（養漾同）

豪的變韻，由本音變同蕭韻。豪蕭二韻的變韻豪韻的切語上字有今紐，蕭韻則由本韻變同豪韻。

歌的變韻，是由開口呼變為齊齒呼。戈一的變韻，是由合口呼變為撮口呼。歌戈模三韻的變韻，歌戈二韻的切語上字有今紐，模韻則由本音變同歌戈韻。唐的變韻，由開口合口呼變為齊齒撮口呼。

青錫（同徑迥）　登德（同嶝等）　侯（同候厚）

庚陌（同敬梗）　耕麥（同諍耿）　清昔（同勁靜）　蒸職（同證拯）　尤（同宥有）　幽（同幼黝）

唐青二韻的變韻，都是由本音變同登韻。登青二韻的變韻，登韻的切語上字有今紐，青韻由本音變同登韻的。青之變韻，其切語上字有今紐。登之變韻，由開口合口呼變為齊齒撮口呼。哈蕭二韻的變韻，都是由本音變為侯韻的齊齒撮口呼。蕭的變韻，由本音變為侯韻的齊齒撮口呼。

覃合 同勘感
添怗 同㮇忝

侵緝 同沁寑
談盍 同闞敢
鹽葉 同豔琰
咸洽 同陷豏
銜狎 同鑑檻
嚴業 同釅儼
凡乏 同梵范

覃的變韻.

添的變韻,由本音變同覃韻的.

添的變韻,由本音變同覃韻的.

添覃二韻的變韻,添由本音變同覃韻,覃韻的切語上字有今紐.

覃的變韻,其切語上字有今紐.

覃添二韻的變韻,覃韻是由本音變同添韻的,其添韻的切語上字有今紐.

覃的變韻,是由本音變同添韻的.

看上表除去戈包于歌,末包于合,桓包于寒,魂包于痕,却只有二十八部,廣韻的韻所以多,因為有變韻,變韻也有有今聲母的.(即今紐)所以知道他不是本韻,格外可知道聲母確定是十九個了,黃氏與章氏說無異,黃氏祇分出入聲錫鐸屋沃德五部,所以章氏二十三部變為二十八部,茲將此二十八部中的陽聲和入聲收音說明之.

陽聲寒先痕三部收ㄋ的音,青唐東冬登五部收ng的音,覃添二部收ㄇ的音.

入聲曷屑沒三部收ㄊ的音,錫鐸屋沃德五部收ㄎ的音,合帖二部收ㄅ的音.

研究的問題

(一)章太炎證明古音少幾個甚麼聲母?歸到甚麼聲母裏去?

(二)黃侃說古音的聲母有幾何?

(三)黃氏對於古音的聲母怎樣考證的?

(四)本章第一節的聲類表,其旁註的小字母,在古代究竟有無此音?

(五)章太炎分古韻為幾部？黃侃又分出那幾部？

(六)黃侃的古韻表，孰是陰聲？孰是陽聲？孰是入聲？

(七)古韻的陰聲收何音？陽聲收何音？入聲收何音？

(八)廣韻裏除去古來本有的韻，其餘的韻叫甚麼韻？

(九)廣韻裏除去古本韻以外，其餘的韻在等呼上有幾種作用？

(十)黃侃考證古韻有三十二個，為甚麼只有二十八部？

參閱的書籍

(一)章太炎紐目表。注意國故論衡小學略說內。

(二)黃侃音略。

(三)錢大昕聲類。

(四)江永古韻標準。

(五)顧炎武音學五書。乙編第二章已舉音論，此舉其全。

# 第五章　反切

## 第一節　反切的起原

顏之推家訓音辭篇，陸德明經典釋文敘錄，張守節史記正義論例，均謂反切起於孫叔然，而近世陳蘭甫亦如此說法，陳之言曰：「古人音書，但曰讀若某，讀與某同，然或無同音之字，則其法窮，雖有同音之字，而隱僻難識，則其法又窮，孫叔然始為反語，以二字為一字之音，而其用不窮，此古人所不及也」惟太炎章先生云「經典釋文序例，謂漢人不作音，而王肅周易音，則序例無疑辭，所錄肅音，用反語者十餘條，尋魏志肅傳云，肅不好鄭氏，時樂安孫叔然授學鄭玄之門人，肅集聖證論以譏短玄，叔然駁而釋之，假令反語始於叔然，子雍豈肯承用其術乎，又尋漢地理志廣漢郡梓潼下，應劭注沓水所出，南入墊江，墊、音徒浹反，遼東郡沓氏下，應劭注潼水也，音長答反，是應劭時已有反語，則起於漢末也」這是章氏考訂反語不始於叔然，確無疑義，雖然在周秦時代也有發見反語的，如左傳於菟為虎，奈何為那，爾雅蒺藜為茨，不律為筆等等，但總不過是古人緩讀急讀，徐言疾言的關係，古人絕未真能應用反切以代直音，到了漢朝，却是漸漸用得多了，再到了孫叔然做爾雅音義，於是大家都知道替代直音，不能不用反切了。

## 第二節　反切於字音的便利

反切未發明之前，讀音則有所謂讀若讀與某同等，這種辦法，假如遇到沒有同音的字，或是有同音字，而人不能讀出，這就發生困難了。所以反切發明了之後，大家都知道用一個子音，和一個母音，切出一個字的音來，原來中國的反切，與西文拼音的道理，本是相同的，西文就是用一個子音，和一個母音，拼合而成，反切的上一字為所切字的發聲，和所切字一定是同聲母，就是子音，下一字為所切字的收音，一定是同韻母，就是母音，例如：

公古紅切，古公同屬於見聲，紅公都是東韻。
邕、於容切，於邕同屬於影聲，容邕都是鍾韻。
邦、博江切，博邦同屬於幫聲，江邦都是江韻。
知、陟離切，陟知同屬於知聲，離知都是支韻。

以上是用廣韻的切語，證明上一字和所切字為同聲，下一字和所切字為同韻，但是發聲雖只有一開口，而收音卻有開齊合撮四等，所以反切的下一字，既與所切字為同韻，而又必與之同呼，例如：

陟離切知，離知都屬於齊齒呼。
竹垂切腄，垂腄都屬於撮口呼。

照上例看來，知腄雖同屬於聲母知，韻母支，而知為齊齒，腄為撮口，收音迥不相同，所以離必齊齒，垂必為撮口，反是就有違失了。

另外又有一種類隔切的方法，是反切的上一字與所切字不同一發聲，就是不同聲母，（又稱不同紐。）如端透定泥四個聲母，可以與知徹澂

（天）

娘四個聲母交互相切，幫滂並明四個聲母，可以與非敷奉微四個聲母交互相切，舉例如下：

江韻，椿、都江切，椿屬於聲母知，都屬於聲母都。

皆韻，排、諾皆切，排屬於聲母娘，諾屬於聲母泥。

支韻，卑、府微切，卑屬於聲母幫，府屬於聲母非。

支韻，皮、符羈切，皮屬於聲母並，符屬於聲母奉。

這因為初創作反切的時候，知徹澂娘尚讀如端透定泥，非敷奉微，尚讀如幫滂並明，在古人還是同聲母的切法，即同紐。並非真正有類隔切的一種方法，這是研究聲韻的學者，不可不明白的。

## 第三節　反切的違失和流弊

我們見一切語，就可知道甚麼聲母，甚麼韻，甚麼呼，但也有切語疏誤的，檢廣韻可知，例如：

支韻，為、遠支切，為屬於撮口呼，支屬於齊齒呼，這是以開切合的疏誤.

廢韻,刈、魚肺切,刈屬於齊齒呼,肺屬於撮口呼,這是以合切開的疏誤.

送韻,鳳、馮貢切,鳳屬於撮口呼,貢屬於合口呼,這是以洪切細的疏誤.

隱韻,⿸厂秦仄謹切,⿸厂秦屬於開口呼,謹屬於齊齒呼,這是以細切洪的疏誤.

這種疏誤却不能與類隔阻的切法相比例,因為類隔阻名為阻而實不阻,若這種疏誤的切法,無論具何方法,總不能不說是反切法中偶然的違失.

反切原所以替代直音,但上一字應當在同聲母中取其一字做標聲母的符號,下一字應當在同韻母中取其一字做標韻母的符號,這樣用有定的符號切中國所有的字,只要牢記一百餘的符號就可認識一切的文字，無如由反切創作之後，各人用各人的符號，都喜歡改易新文，而不願遵守舊切，所以廣韻中反切用的字，上一字共有四百五十二字，下一字共有一千餘，合起來約有一千五百字，這樣叫人先牢記此一千五百字，然後才能明白了一切的反切，不是一件很困難的事嗎？

反切的弊病既如上說，何以陸法言聚集切韻成書之後，人還不知用東冬諸字以標韻呢？守溫的字母發見之後，人還不知用影喻諸字以標聲呢？這是因為文人墨守舊章，所以於聲韻學上沒有進步，其實就是用東冬諸韻母，影喻諸聲母，也非最善法子。因為東冬諸韻母裏夾着聲，影喻諸聲母裏夾着韻，上下二字每不能連讀，就不能合成一音，和西文不同的，也是在此一點，這倒是一件很困難的事，國音的音標成功，就是有見於此而才創作今日通行的字母。

還有一點意見，有人以為國音音標成功，舊反切可以刪除不用，這話未免太籠統了，我以為國音音標儘可以拼合讀今日一切的文字，若舊反切之存留，正可以考見古代的聲音，例如類隔的反切即是，其實中國雖發明反切，除去字書上記載，而社會讀起音來，並不用他，這就是因為聲韻字太多，難以記得的原故，而子音母音又弄不清楚，所以國音音標究不得不應運而生了。

研究的問題

(一)反切始於何時？
(二)反切於字音上有何種作用？
(三)反切與所切字有幾種甚麼關係？
(四)怎樣叫反切的違失？
(五)反切的流弊如何？

參閱的書籍

(一)陳澧切韻考聲類編。

(二)李氏音切譜.
(三)戴震聲類表.
(四)清敕撰音韻闡微.
(五)廣韻中切語.

# 第六章　廣韻的三百三十九類和二十二韻攝

## 第一節　廣韻的三百三十九類

廣韻以四聲陰聲陽聲分類雖多，但仍有分之未盡者，如東韻戈韻有本韻變韻，應各分二韻，麻韻庚韻均兼有四呼，均應當分出，其他有一韻包含開合二等呼，或包含齊撮二等呼，也都應當分出，茲從錢玄同說列表如次：

| 平 | 上 | 去 | 入 | 等呼 |
|---|---|---|---|---|
| 東一 | 董 | 送一 | 屋一 | 〔合〕 |
| 東二 | | 送二 | 屋二 | 〔撮〕 |
| 冬 | 〔湩〕 | 宋 | 沃 | 〔合〕 |
| 鍾 | 腫 | 用 | 燭 | 〔撮〕 |
| 江 | 講 | 絳 | 覺 | 〔合〕 |

| | | | | | | | | | | | | |
|---|---|---|---|---|---|---|---|---|---|---|---|---|
| 支一 | 支二 | 脂一 | 脂二 | 之 | 微一 | 微二 | 魚 | 虞 | 模 | 齊一 | 齊二 | |
| 紙一 | 紙二 | 旨一 | 旨二 | 止 | 尾一 | 尾二 | 語 | 麌 | 姥 | 薺一 | 薺二 | |
| 寘一 | 寘二 | 至一 | 至二 | 志 | 未一 | 未二 | 御 | 遇 | 暮 | 霽一 | 霽二 | 祭一 |
| 齊 | 撮 | 齊 | 撮 | 齊 | 齊 | 撮 | 撮 | 撮 | 合 | 齊 | 撮 | 齊 |

| | | | | | | | | | | | | |
|---|---|---|---|---|---|---|---|---|---|---|---|---|
| | | | 佳一 | 佳二 | 皆一 | 皆二 | | | 灰 | 咍一 | 咍二 | |
| | | | 蟹一 | 蟹二 | | 駭 | | | 賄 | 海一 | 海二 | |
| 祭二 | 泰一 | 泰二 | 卦一 | 卦二 | 怪一 | 怪二 | 夬一 | 夬二 | 隊 | 代 | | 廢一 |
| 攝 | 開 | 合 | 開 | 合 | 開 | 合 | 開 | 合 | 合 | 開 | 合 | 齊 |

| | | | | | | | | | | | | |
|---|---|---|---|---|---|---|---|---|---|---|---|---|
| | 真一 | 真二 | 諄 | 臻 | 文 | 殷 | 元一 | 元二 | 魂 | 痕 | 寒 | 桓 |
| | 軫一 | 軫二 | 準 | 〔⿰角秦〕 | 吻 | 隱 | 阮一 | 阮二 | 混 | 很 | 旱 | 緩 |
| 廢二 | 震一 | 震二 | 稕 | | 問 | 焮 | 願一 | 願二 | 慁 | 恨 | 翰 | 換 |
| | 質一 | 質二 | 術 | 櫛 | 物 | 迄 | 月一 | 月二 | 沒 | 麧 | 曷 | 末 |
| 〔撮〕 | 〔齊〕 | 〔撮〕 | 〔撮〕 | 〔開〕 | 〔撮〕 | 〔齊〕 | 〔齊〕 | 〔撮〕 | 〔合〕 | 〔開〕 | 〔開〕 | 〔合〕 |

| 開 | 合 | 開 | 合 | 齊 | 撮 | 齊 | 撮 | 齊 | 齊 | 撮 | 開 | 合 |
|---|---|---|---|---|---|---|---|---|---|---|---|---|
| 刪一 | 刪二 | 山一 | 山二 | 先一 | 先二 | 仙一 | 仙二 | 蕭 | 宵一 | 宵二 | 肴一 | 肴二 |
| 潸一 | 潸二 | 產一 | 產二 | 銑一 | 銑二 | 獮一 | 獮二 | 篠 | 小一 | 小二 | 巧一 | 巧二 |
| 諫一 | 諫二 | 襇一 | 襇二 | 霰一 | 霰二 | 線一 | 線二 | 嘯 | 笑一 | 笑二 | 效一 | 效二 |
| 黠一 | 黠二 | 鎋一 | 鎋二 | 屑一 | 屑二 | 薛一 | 薛二 | | | | | |

| | | | | | | | | | | | | |
|---|---|---|---|---|---|---|---|---|---|---|---|---|
| 豪一 | 豪二 | 歌 | 戈一 | 戈二 | 戈三 | 麻一 | 麻二 | 麻三 | | 陽一 | 陽二 | 唐一 |
| 皓一 | 皓二 | 哿 | 果 | | | 馬一 | 馬二 | 馬三 | 馬四 | 養一 | 養二 | 蕩一 |
| 號一 | 號二 | 箇 | 過 | | | 禡一 | 禡二 | 禡三 | | 漾一 | 漾二 | 宕一 |
| | | | | | | | | | | 藥一 | 藥二 | 鐸一 |
| (開) | (合) | (開) | (合) | (齊) | (撮) | (開) | (合) | (齊) | (撮) | (齊) | (撮) | (開) |

| | | | | | | | | | | | | |
|---|---|---|---|---|---|---|---|---|---|---|---|---|
| 唐二 | 庚一 | 庚二 | 庚三 | 庚四 | 耕一 | 耕二 | 清一 | 清二 | 青一 | 青二 | 蒸一 | 蒸二 |
| 蕩二 | 梗一 | 梗二 | 梗三 | 梗四 | 耿一 | 耿二 | 靜一 | 靜二 | 迥一 | 迥二 | 拯 | |
| 宕二 | 敬一 | 敬二 | 敬三 | 敬四 | 諍一 | 諍二 | 勁一 | 勁二 | 徑一 | 徑二 | 證一 | 證二 |
| 鐸二 | 陌一 | 陌二 | 陌三 | 陌四 | 麥一 | 麥二 | 昔一 | 昔二 | 錫一 | 錫二 | 職一 | 職二 |
| (合) | (開) | (合) | (齊) | (撮) | (合) | (齊) | (齊) | (撮) | (齊) | (撮) | (齊) | (撮) |

| | | | | | | | | | | | | |
|---|---|---|---|---|---|---|---|---|---|---|---|---|
| 登一 | 登二 | 尤一 | 尤二 | 侯一 | 侯二 | 幽一 | 幽二 | 侵 | | 覃 | 談一 | 談二 |
| 等一 | 等二 | 有一 | 有二 | 厚一 | 厚二 | 黝 | | 寢一 | 寢二 | 感 | 敢一 | 敢二 |
| 嶝一 | 嶝二 | 宥一 | 宥二 | 候一 | 候二 | 幼一 | 幼二 | 沁 | | 勘 | 闞 | |
| 德一 | 德二 | | | | | | | 緝一 | 緝二 | 合 | 盍 | |
| 開 | 合 | 齊 | 撮 | 開 | 合 | 齊 | 撮 | 齊 | 撮 | 開 | 開 | 合 |

| | | | | | | | | | | |
|---|---|---|---|---|---|---|---|---|---|---|
| 鹽一 | 鹽二 | 添 | | 咸 | 銜一 | 銜二 | 嚴 | | 凡一 | 凡二 |
| 琰一 | 琰二 | 忝一 | 忝二 | 豏 | 檻 | | 儼 | | 范一 | 范二 |
| 豔一 | 豔二 | 㮇 | | 陷 | 鑑一 | 鑑二 | 釅一 | 釅二 | 梵一 | 梵二 |
| 葉 | | 怗 | | 洽 | 狎 | | 業 | | 乏一 | 乏二 |
| 齊 | 撮 | 齊 | 撮 | 開 | 開 | 合 | 齊 | 撮 | 齊 | 撮 |

上表平聲是九十五類，上聲是九十一類，去聲是九十九類，入聲是五十四類，凡三百三十九類。

## 第二節　二十二韻攝

(天)

合許多異韻同音者，而分為若干類，這叫做韻攝．談韻攝的開始於宋楊中修的切韻指掌圖，昔人誤以為司馬光撰，經清朝鄒特夫始證明之．楊氏指掌圖列圖二十，合廣韻二百六韻，併其開合，凡十三攝，不過這時代還未有韻攝的名稱．迨元朝劉鑑撰切韻指南，又分為十六攝．十六攝就是清朝康熙字典上前面所載的內攝，通止遇果宕曾流深，外攝，江蟹臻山效假梗咸，合起來就是十六攝，現在考楊氏十三攝和劉氏十六攝均各有未盡當處，因韻攝是總括異韻同音的事，就是總合收音的事，收音完全關係於陰聲陽聲入聲三類，這是不可不分別清楚的，今從錢玄同所定的二十二韻攝表如下：

(一)陰聲八攝

(開)泰一夬一

(齊)廢一祭一

(1)蕩攝

（合）泰二　夬二

（撮）廢二　祭二

（開）歌　哿　箇　麻一　馬一　禡一

（齊）戈二　麻三　馬三　禡三

(2)阿攝

（合）戈一　麻二　馬二　禡二

（撮）戈三　馬四

（開）

（齊）

(3)隈攝

（合）灰　賄　隊

（撮）

（開）

（齊）齊一　薺一　霽一　支一　紙一　寘一　脂一　旨一　至一　之　止　志　微一　尾一　未一

(4)依攝

(合)(撮) 齊一薺二霽二支二紙二寘二脂二旨二至二

微二尾二未二

(5)烏攝

(開)

(齊)

(合) 模姥暮

(撮) 魚語御　虞麌遇

(6)謳攝

(開) 侯一厚一候一

(齊) 尤一有一宥一幽一黝一幼一

(合) 侯二厚二候二

(撮) 尤二有二宥二幽二幼二

(開) 豪一皓一號一肴一巧一效一

(齊) 蕭篠嘯　宵一小一笑一

(7)爊攝
(合)豪二皓二號二肴二巧二效二
(撮)宵二小二笑二
(開)咍一海一代一佳一蟹一卦一皆一駭怪一
(8)哀攝
(齊)
(合)咍二海二佳二蟹二卦二
(撮)

(三)陽聲七攝

(9)安攝
(開)寒旱翰　刪一潸一諫一山一產一襇一
(齊)先一銑一霰一元一阮一願一仙一獮一線一
(合)桓緩換　刪二潸二諫二山二產二襇二
(撮)先二銑二霰二元二阮二願二仙二獮二線二
(開)痕很恨臻[櫬]
(齊)真一軫一震一殷隱焮

(10)恩攝
合　魂混恩
撮　真二軫二震二諄準稕文吻問

開　唐一蕩一宕一
(11)鴦攝
齊　陽一養一漾一
合　唐二蕩二宕二
撮　陽二養二漾二

開
(12)翁攝
齊
合　東一董送一冬[湩]宋
撮　東二送二鍾腫用

開　登一等一嶝一庚一梗一敬一耕一耿一諍一
(13)嬰攝
齊　青一迥一徑一庚三梗三敬三清一靜一勁一
合　登二等二嶝二庚二梗二敬二耕二耿二諍二

〔撮〕青二迴二徑二庚四梗四敬四清二靜二動二
蒸二證二

⑭諳攝

〔開〕覃感勘　談一敢一闞咸豏陷銜一檻鑑一

〔齊〕添忝一㮇鹽一琰一豔一嚴儼釅一凡一范一

〔合〕談二敢二銜二鑑二

〔撮〕忝二鹽二琰二豔二釅二凡二范二梵二

⑮愔攝

〔開〕

〔齊〕侵寑一沁

〔合〕

〔撮〕寑二

㈢入聲七攝

〔開〕曷　點一　鎋一

〔齊〕屑一月一　薛一

(16) 遏攝
- (合) 末一 黠二 鎋二
- (撮) 屑二 月二 薛二

(17) 迄攝
- (開) [迄] 櫛
- (齊) 質一 迄
- (合) 沒
- (撮) 質二 術 物

(18) 惡攝
- (開) 鐸一
- (齊) 藥一
- (合) 鐸二 覺
- (撮) 藥二

(19) 屋攝
- (開)
- (齊)
- (合) 屋一 沃

| 攝 | 呼 | 韻 |
|---|---|---|
| | 撮 | 屋二 燭 |
| ⑳餕攝 | 開 | 德一 陌一 麥一 |
| | 齊 | 錫一 陌三 昔一 職一 |
| | 合 | 德二 陌二 麥二 |
| | 撮 | 錫二 陌四 昔二 職二 |
| ㉑始攝 | 開 | 合 盍 洽 狎 |
| | 齊 | 怗 葉 業 乏一 |
| | 合 | |
| | 撮 | 乏二 |
| ㉒揖攝 | 開 | |
| | 齊 | 緝一 |
| | 合 | |
| | 撮 | 緝二 |

## 附平水韻目

今之廣韻，本宋改唐韻重修者，（長孫訥言箋注陸法言之切韻，與孫愐刊正切韻之唐韻俱佚。）不過二百六韻，還是法言的舊目，在本書本編第三章第二節已大略說過，後又有丁度的集韻，到了景祐四年，又刋禮部韻略，均頗有改定，及劉淵撰壬子新刋禮部韻略，乃大為變動，就是相傳的平水韻，他併禮部韻略所通用者為一百七部，上平十五韻，下平十五韻，上聲三十韻，去聲三十韻，入聲十七韻，大德中陰時夫作韻府羣玉，又併拯入迥為一百六韻，就是文人通用的詩韻，但是有一點我們要明白的，自劉鑑作切韻指南，將異韻同音的括作十六攝，後來又有人撰切韻要法，將十六攝歸併十二攝，就是康熙字典上所載迦結岡庚裓高該傀根干鈎歌諸攝，稱為諸字骨髓，而實際上則以切韻指掌圖為比較的精密（指掌圖雖無韻攝之名，而列圖二十，分音為開合兩種，每音又都分為四等。）因為楊中修的時代音韻學還未淆亂，指掌圖雖未盡當，而所據的集韻尚算不錯，後來的等韻學雖然愈趨愈簡，而音韻學則較從前淆亂得多，平水韻就是嫌從前分韻太繁，所以將他省併起來，但其中有當合的不合，有不當合而合的，究未能談到改良這句話。茲將平水韻目，表列於下，以為本篇的結束。

| | | | | | | | | | |
|---|---|---|---|---|---|---|---|---|---|
| 平 | 東 | 冬 | 江 | 支 | 微 | 魚 | 虞 | 齊 | 佳 |
| 上 | 董 | 腫 | 講 | 紙 | 尾 | 語 | 麌 | 薺 | 蟹 |
| 去 | 送 | 宋 | 絳 | 寘 | 昧 | 御 | 遇 | 霽 | 卦 |
| 入 | 屋 | 沃 | 覺 | | | | | | |

| | | | | | | | | | | | | |
|---|---|---|---|---|---|---|---|---|---|---|---|---|
| 灰 | 真 | 文 | 元 | 寒 | 刪 | 先 | 蕭 | 肴 | 豪 | 歌 | 麻 | 陽 |
| 賄 | 軫 | 吻 | 阮 | 旱 | 潸 | 銑 | 篠 | 巧 | 皓 | 哿 | 馬 | 養 |
| 隊 | 震 | 問 | 願 | 翰 | 諫 | 霰 | 嘯 | 笑 | 號 | 箇 | 禡 | 漾 |
| | 質 | 物 | 月 | 曷 | 黠 | 屑 | | | | | | 藥 |

| | | | |
|---|---|---|---|
| 庚 | 梗 | 敬 | 陌 |
| 青 | 迥 | 徑 | 錫 |
| 蒸 | 拯 | 證 | 職 |
| 尤 | 有 | 宥 | |
| 侵 | 寢 | 沁 | 緝 |
| 覃 | 感 | 勘 | 合 |
| 鹽 | 琰 | 豔 | 葉 |
| 咸 | 豏 | 陷 | 洽 |

研究的問題

(一)廣韻二百六韻因何可以分三百三十九類？

(二)廣韻的韻因何可以括為二十二韻攝？

(三)劉淵因何要省併從前的韻？省併得當嗎？

參閱的書籍

(一)劉鑑切韻指南
(二)康熙字典四聲切韻要法.
(三)平水韻和廣韻參照比較.

# 第七章　國音

## 第一節　國音通說

我們對於聲母和韻母，聲的變遷和通轉，韻的省併和通轉，既然大致都可以明白，那麼就要講到國音了。國音的發生，不是像平水韻隨便的省併一下，洪武正韻雖然有六百年的潛勢力，國音也不是像他綜合的將俗音記載出來，就算了事，所以講到國音，實在因為要統一全國的語言，在音韻學上不能說是沒有進步。怎樣進步呢？他不沿用從前的舊聲母舊韻母，乃是重行改造了新聲母新韻母，這還算是形式，他附麗於形的實質方面，是先定了一種標準音，然後就標準音分析為極單純的音素，再參照守溫的三十六母，切韻要法的十二攝，於是就造了新的聲母二十四，新的韻母十三，介母三個，因為介母是輔助韻母的音，所以介母也可稱為韻母的一部份，這樣才算不沿用從前的舊聲母舊韻母，而不為舊習慣所拘囿，全國龐雜的語言，才可漸漸趨於一致。

國音的聲母和韻母，統稱為音標，這音標成功之後，並不是就像外國一切標音的字，但比較從前的舊反切很有幾個優點，可以把他講出來：

1用筆畫最簡單的中國文字做音標，是很容易認識的。

2確定標準的聲音，不得變更他。

3合起音來甚便利，不會錯誤。

4把他的音注於中國文字的旁邊，一望即知無須檢查。

有了上面所說的四種優點，那從前廣韻中要用一千五百字切一切音的老法子，可以不必再用了，只要把他存留起來，留待考歷代的音韻變遷罷，語言是和時代有變遷的，古代有的音，未必現代有，現代有的音，也未必古代有，國音既確定了標準音，所以就採取了簡單筆畫的中國文字用雙聲的方法，變讀本來音，使合於紐，製為聲母。用疊韻的方法變讀本來的音，使合於韻，製為韻母。現在就把四十個字母，（聲母二十四，介母三，韻母十三。）記載如次以見聲韻學上空前的一種發明。

聲母　ㄅ　ㄆ　ㄇ　ㄈ　ㄪ　ㄉ　ㄊ　ㄋ　ㄌ　ㄍ　ㄎ
　　　ㄫ　ㄏ　ㄐ　ㄑ　ㄬ　ㄒ　ㄓ　ㄔ　ㄕ　ㄖ
　　　ㄗ　ㄘ　ㄙ

介母　ㄧ　ㄨ　ㄩ

韻母　ㄚ　ㄛ　ㄜ　ㄝ　ㄞ　ㄟ　ㄠ　ㄡ　ㄢ　ㄣ　ㄤ
　　　ㄥ　ㄦ

以上的二十四聲母，三介母，十三韻母，就是國音的音標，又可統稱為國音字母或注音字母。因為字母是指聲母和韻母兩種而言，不是像從前單指守溫三十六聲母為字母，這是研究音韻學的人，對於稱謂上，不可不弄清楚的。現在就要把國音字母所假的原文，舊讀法，新讀法，說明一下，庶於國音字母大概的情形，可以明白。

| 聲母的原文和舊音讀 | | | 新音讀 | 發音的狀況 |
|---|---|---|---|---|
| ㄅ | 勹 | 布交切 | 讀若薄 | 上脣和下脣合，氣被阻，爆發而出。 |
| ㄆ | 攴 | 普木切 | 讀若潑 | 讀時，上下脣也相合，爆發的氣要完全衝出。 |
| ㄇ | 冂 | 莫狄切 | 讀若墨 | 上下兩脣緊閉，氣從鼻腔出來。 |
| ㄈ | 匚 | 府良切 | 讀若弗 | 上齒和下脣相切，氣衝門齒出來。 |
| ㄪ | 万 | 無販切 | 讀若物 | 上齒和下脣相切，氣緩緩出來。 |
| ㄉ | 刀 | 都勞切 | 讀若德 | 舌尖和上牙牀貼合，氣被阻，用力爆發送出來。 |
| ㄊ | 𠫓 | 他骨切 | 讀若特 | 舌尖和上牙牀貼合，氣被阻，格外要爆發而出。 |
| ㄋ | 乃 | 奴亥切 | 讀若訥 | 舌尖和上牙牀貼合，氣被阻，由鼻腔出來。 |
| ㄌ | 力 | 林直切 | 讀若勒 | 舌尖和上牙牀相切，氣從兩邊出來。 |
| ㄍ | 巜 | 古外切 | 讀若格 | 舌根和軟腭相切，氣被阻，用力爆發送出來。 |

| | | | | |
|---|---|---|---|---|
| ㄎ | 丂 | 苦浩切 | 讀若克 | 舌根和軟腭相切，氣被阻，格外要爆發而出。 |
| ㄫ | 兀 | 五忽切 | 讀若愕 | 舌根和軟腭合着，氣被阻，由鼻腔送出。 |
| ㄏ | 厂 | 呼旰切 | 讀若黑 | 舌根和軟腭合着，氣從舌面上送出來。 |
| ㄐ | 丩 | 居尤切 | 讀若基 | 舌面抵着硬腭，氣透出時，微微的觸成了聲。 |
| ㄑ | 𡿨 | 苦泫切 | 讀若欺 | 舌面抵着硬腭，比讀ㄐ的氣，格外要透出。 |
| ㄬ | 广 | 魚儉切 | 讀若膩 | 舌面輕輕的抵着硬腭，氣被阻，由鼻腔送出來。 |
| ㄒ | 丅 | 胡稚切 | 讀若希 | 舌面抵着硬腭，不十分接近，但用力使氣透出時，就摩擦成聲。 |
| ㄓ | 㞢 | 真而切 | 讀若之 | 舌葉和硬腭前部相切，氣透出齒縫時，微微的觸成了聲。 |
| ㄔ | 彳 | 丑亦切 | 讀若癡 | 舌葉和硬腭前部相切，讀ㄓ的氣，格外透出齒縫。 |
| ㄕ | 尸 | 是之切 | 讀若尸 | 舌葉和硬腭前部相切，氣透出齒縫時，就摩擦成聲。 |
| ㄖ | 日 | 人質切 | 讀若入 | 舌葉兩邊捲起，和硬腭相切，氣透出齒縫時，顫擦成聲。 |
| ㄗ | 卪 | 子結切 | 讀若資 | 舌尖和門齒相切，氣半出時，微微的觸成了聲。 |
| ㄘ | 七 | 親吉切 | 讀若疵 | 舌尖和門齒相切，但氣更透出而成聲。 |

ㄙ　厶　相姿切　讀若私　舌尖和門齒相切，但氣更滿出，所以摩擦而成聲。

以上二十四聲母，在國音學上分為三部第一部自ㄅ至ㄏ共十三個聲母為一團，都是收聲於歌韻的，而韻母ㄜ舊屬歌韻，所以自ㄅ至ㄏ十三個聲母之後，皆要加一個ㄜ的韻母，才能讀出音來，否則無音可讀。第二部即ㄐㄑㄬㄒ四個聲母，都是收入支韻的，須在這四個聲母之後，加入一字，才可讀出音來。第三部自ㄓ到ㄙ，也是收入支韻的，而附帶有餩師二字的合音，所以這七個聲母，不必再加韻母，可以單獨的讀之成音。

| 韻母的原文和舊音讀 | 新音讀 | 發音的狀況 |
|---|---|---|
| 一　一　於悉切 | 讀若衣 | 讀時齊齒，舌前部上升，脣扁而圓。 |
| ㄨ　ㄨ　疑古切 | 讀若烏 | 讀時合口，舌後部上升，脣要圓。 |
| ㄩ　ㄩ　丘魚切 | 讀若迂 | 讀時撮口，舌前部上升，脣圓而斂。 |

| 注音 | 反切 | 讀若 |
|---|---|---|
| ㄚ | 于加切 | 讀若阿 |
| ㄛ | 虎何切 | 讀若痾 |
| ㄜ | 從ㄛ字加 | 讀若盍 |
| ㄝ | 羊者切 | 讀若也 |
| ㄞ | 胡改切 | 讀若哀 |
| ㄟ | 余支切 | 讀若危 |
| ㄠ | 于堯切 | 讀若傲 |
| ㄡ | 于救切 | 讀若謳 |
| ㄢ | 乎感切 | 讀若安 |
| ㄣ | 于慬切 | 讀若恩 |
| ㄤ | 烏光切 | 讀若昂 |
| ㄥ | 古弘切 | 讀若哼 |
| ㄦ | 而鄰切 | 讀若兒 |

讀時開口，舌中部下降，唇不要圓。
讀時開口，舌後部半升，唇不圓。
同上，讀為入聲。
讀時開口，舌前部半升，唇平。
呼ㄚ一兩韻的合音。
呼ㄝ一兩韻的合音。
呼ㄚㄨ兩韻的合音。
呼ㄛㄨ兩韻的合音。
先用ㄚ母聲，從鼻出，呼ㄋ母來收聲。
先用ㄜ母聲，從鼻出，呼ㄋ母來收聲。
先用ㄚ母聲，從鼻出，呼兀母來收聲。
先用ㄜ母聲，從鼻出，呼兀母來收聲。
舌捲縮，接近硬腭。其音如ㄜ加ㄦ。

以上凡十六韻母，惟一ㄨㄩ常用之於聲母韻母之間，所以這三個韻母可稱為介母，再併起ㄚㄛㄜㄝ四個韻母，就共有七個母，可統稱為單純的韻母。ㄞㄟㄠㄡ四個韻母，都各有兩韻的合音，可統稱為複合的韻母。ㄢㄣㄤㄥ四個韻母，因為聲從鼻出，可統稱為鼻韻的母。ㄦ一個韻母可稱為特別韻母，因為這一個母，能同時發出韻和聲來，有時亦得用為聲母。

## 第二節　注音的方法

國音的功用，是要將一切中國文字，都注起音來，就是叫人把中國文字，都能照注的國音讀出音來，這本是很簡單的事，因為用國音音標拼音，就同外國文用字母拼音是一樣的法子，不過國音的音標，究竟與外國文的字母有不同之處，外國文的字母，是用以造字的，國音的音標，雖有時可當作標音文字，而根本上實不是標音文字，他是專注於文字之旁的標準音，字母愈用得少，愈容易明白，我們根據本章第一節說的國音聲母有三團，韻母有四組，可以區別注音有五種不同的方法，舉例如下。

一、用二母注音而用一聲母和一韻母

用一聲母一韻母拼合成音，這本是聲和韻最顯著的功用，外國文拼音是如此，中國從前舊反切也是如此，例如ㄉㄞ　ㄉ　ㄊㄞ　ㄊㄟ等這一種最為普通，而又是聲和韻拼音的原則。

二、用二母注音而用一介母和一韻母

一ㄨㄩ三母和他韻母成了固定的結合，就叫做結合韻母，注音，例如一ㄚ　一ㄛ　ㄨㄚ　ㄨㄛ　ㄩㄚ　ㄩㄛ，可見出用了一，就變為齊齒，用了ㄨ，就變為合口，用了ㄩ，就變為撮口。一ㄨㄩ在國音學上為最神妙的韻母，因為他能辨別等呼，所以和他韻母結合，稱為結合韻母注音。

三、用三母注音就是用聲母和結合韻母注音

用聲母和結合韻母拼起音來,也可稱三合音,例如ㄅㄧㄚ ㄅㄧㄛ ㄅㄧㄝ ㄅㄧㄠ ㄉㄨㄚ ㄉㄨㄛ ㄉㄨㄞ ㄉㄨㄟ ㄌㄩㄚ ㄌㄩㄛ ㄌㄩㄝ ㄌㄩㄞ皆是,但是三合音的成功,還有兩種法子

一是先將聲母介母配合成音,然後再和韻母結合,如ㄍㄨ配合之後,然後再加以ㄚ,就成為ㄍㄨㄚ.

二是先將聲母韻母合成一音,然後再分別等呼,轉成了本音,如ㄍㄚ合成音,之後,然後再介以ㄨ母,就成為ㄍㄨㄚ.

所以合起用聲母和結合韻母拼音一種法子,就是成三合音共有三種法子,其實都是一樣沒有分別的

四用一母注音而單用聲母的

單用聲母注音,是聲母不加其他的韻母,可以單獨用一個聲母注出音來,例如歌字即注ㄍ,苛字即注ㄎ,支字即注ㄓ,持字即注ㄔ皆

是.

五　用一母注音而單用韻母的

單用韻母注音,是韻母不和其他聲母拼合,可以單用一個韻母注出音來,例如安字即注ㄢ,歐字即注ㄡ,恩字即注ㄣ皆是,再用韻母中的介母來單獨注音也是可以的,如衣字即注ㄧ,烏字即注ㄨ,于字即注ㄩ,這都是韻母不加聲母而注音的方法.

我們看以上注音不同的方法,對於兩母注音或三母注音,比較是容易明白的,不過單獨一母的注音,好像於音理上有點說不過去,韻母本是天然的收聲,以之注音,是無庸懷疑的,惟聲母專標示發聲的符號,而竟能單獨注音,學者每不免起了一種疑慮,然而這一點在國音學上是很有研究的,以下就是要說明注音用法各種不同的原由.

1　二十四個聲母,差不多個個都能單獨注音,現在先說ㄍㄎㄫㄉ

ㄊㄋㄅㄆㄇㄈㄪㄏㄌ十三個聲母，和ㄐㄑㄬㄒ四個聲母，ㄍ……ㄌ，本來都要加ㄜ母才能讀成音，如ㄍ不過等於外國文k，加ㄜ母，才可以等於ko如哥音，其他可以類推，所以這十三個聲母可以單獨注音，因為造他做聲母的時候，就准許他有單獨注音的能力，ㄐㄑㄬㄒ四個聲母，本來都要加一母，才能讀成音，例如ㄐ不過等於外國文的Ch，加『一』母才可以等於Chi如基音，所以這四個聲母也能單獨注音，這樣看來ㄍ……ㄌ……ㄐ……ㄒ，雖形式上不加ㄜ一，而實際上ㄍ……ㄌ已含有ㄜ音，ㄐㄑㄬㄒ已含有一音了，所以又必有下面2、3、的說明。

2 聲母ㄍㄎㄫㄉㄊㄋㄅㄆㄇㄈㄪㄏㄌ十三個，雖應當附加ㄜ母，才可讀出音來，但和其他韻母拼音時，則應當附加的ㄜ母，並不加上，例如：

干(ㄍㄢ) kan 不用(ㄍㄜㄢ) kəan

郎(ㄌㄤ)lang不用(ㄌㄛㄤ),lōang

鋪(ㄆㄨ),pu 不用(ㄆㄛㄨ),pōu

3.聲母ㄐㄑㄫㄒ四個,雖應當附加一母,才可讀出音來,但和其他韻母拼音時,則應當附加的一母,亦不加上,例如:

蒿(ㄏㄠ),hau 不用(ㄏㄛㄠ),hōau

家(ㄐㄚ),Cha 不用(ㄐ一ㄚ),Chia

驅(ㄑㄩ),Chu 不用(ㄑ一ㄩ),Chiu

4.ㄗㄘㄙㄓㄔㄕㄖ七個聲母,本來附帶有餘師二字合讀母音,當然可以單獨注音,勞乃宣說中華有餘師母音,就是ㄗㄓㄖ諸字的母音,以此音甚奇特,除去這七個聲母外,無其他聲母和餘師母音相連成音的,所以咨字即注ㄗ,雌字就注ㄘ,斯字就注ㄙ,支字就注ㄓ,蚩字就注ㄔ,施字就注ㄕ,日字就注ㄖ,那是不成問題了.

以上惟聲母單獨注音,有種種原因,學者須就說明的研究清楚,其他二母注音，三母注音，和韻母單獨注音，均可一望而知，絕無困難之處。

## 第三節　國音音標和舊聲韻韻攝參照比較（一）照錢玄同說（二）表說明參

### 國音聲母表（一）

| 發音機關 | 國音聲母 | 守温三十六母 |
|---|---|---|
| 含有乙音的 | | |
| 兩脣的重音 | ㄅㄆㄇ | 幫滂明〔並〕 |
| 脣兼齒音 | ㄈㄪ | 敷微〔非〕〔奉〕 |
| 舌頭音（帶鼻音、邊摩擦音） | ㄉㄊㄋㄌ | 端透泥來〔定〕 |
| 喉音（帶鼻音、摩擦音） | ㄍㄎㄫㄏ | 見溪疑曉〔羣〕〔匣〕 開合呼 開合呼 開合呼 開合呼 |

| 含有一音的 | | | 含有餘師母音的 | | |
|---|---|---|---|---|---|
| 舌上音 | 舌葉音 | | | 舌兼齒音 | |
| | | 舌葉摩擦音 | 後摩擦音 | | |
| ㄐㄑ广ㄒ | ㄓㄔㄕ | | ㄖ | ㄗㄘㄙ | |
| 羣 | 牀 | | | 從 | |
| 見溪疑曉 | 照穿審日 | | | 精清心 | |
| 匣 | 知 徹 禪 澄 | | | 斜 | |
| 齊撮呼 齊撮呼 齊撮呼 齊撮呼 | | | | | |
| 孃 | | | | | |

# 國音韻母表(二)

| 國音韻母 | | 廣韻之韻 | 平水韻目 |
|---|---|---|---|
| 一 | 介母 | 支脂之微齊祭廢 | 支微齊 |
| ㄨ | 介母 | 模 | 魚虞 |
| ㄩ | 介母 | 魚虞 | 魚 |
| ㄚ | 純韻母 | 麻 | 麻 |
| ㄛ | 純韻母 | 歌戈 | 歌 |
| ㄜ | 純韻母 | | 職陌月中一部份字 |
| ㄝ | 純韻母 | 麻韻中車遮諸字 | 麻 |
| ㄞ | 複韻母 | 佳皆咍泰夬 | 佳灰 |
| ㄟ | 複韻母 | 灰 | 灰 |
| ㄠ | 複韻母 | 蕭宵肴豪 | 蕭肴豪 |
| ㄡ | 複韻母 | 尤侯幽 | 尤 |

| 鼻韻母 | ㄢ | ㄣ | ㄤ | ㄥ | 特別韻母 | ㄦ |
|---|---|---|---|---|---|---|
| | 元寒桓刪山先仙覃談鹽添咸銜嚴凡 | 真諄臻文殷魂痕侵 | 江陽唐 | 唐耕清青蒸登東冬鍾 | | 支脂之韻中兒耳二諸字 |
| | 寒刪先覃鹽咸元 | 真文侵元 | 江陽 | 東冬庚青蒸 | | 支 |

## 國音韻母參照韻攝表

| 國音十六韻母 | ㄧ | ㄨ | ㄩ | ㄚ | ㄛ | ㄜ | ㄝ | ㄞ | ㄟ | ㄠ | ㄡ | ㄢ | ㄣ | ㄤ | ㄥ | ㄦ |
|---|---|---|---|---|---|---|---|---|---|---|---|---|---|---|---|---|
| 切韻指南十六攝 | 止 | 遇 | 遇 | 果 | 果 | 果 | 果 | 蟹 | 蟹 | 效 | 流 | 山<br>咸 | 臻<br>深 | 江<br>宕 | 梗<br>曾<br>通 | 止 |
| 字母切韻十二攝 | 裓 | 裓 | 裓 | 迦 | 歌 | 歌 | 結 | 該 | 傀 | 高 | 鉤 | 干 | 根 | 岡 | 庚 | 裓 |

看第一表，可以知道國音音標是以北音為主，北音不能讀南方的濁音，惟有平聲的字，還可以分清濁，所以羣定澄並奉從牀都不製獨立的聲母。

三十六母中的知徹澄娘，是完全不用了，北方人讀知徹和照穿相混，所以併入照穿，澄母本已取消，娘母的今音本同於疑母的齊撮呼，所以併入疑母齊齒的广母。

非敷兩聲母，本是一樣，所以合併為匸母，是當然之事。

見溪疑曉四個聲母，何以各分而為二呢？是因為各母的出聲，開合呼和齊撮呼不同，只有閩廣人讀起來沒有分別，另外各地人，開合和齊撮的讀法不同，於是就用ㄍㄎㄫㄏ代開合，用ㄐㄑ广ㄒ代齊撮。

聲母影本是深喉音，又稱純粹母部，注音時不用聲母字，就是屬於影母的。喻本是影的濁音，北方人讀他上去入的字，同於影母的上去入，而以陽平符號記他的平聲字，所以喻不另製聲母。

看第二表，現在就是要依平水韻目來講國音的韻母，平水韻目雖然合併得不盡妥當，而以國音韻母和他參照起來，卻有勝於平水韻，能恢復廣韻的部別，所以第二表既列廣韻，又列平水韻，就是因流溯源的辦法。

麻韻為ㄚ，為甚麼又要製一個ㄝ母呢？是因麻韻裏參嗟些邪車遮奢蛇諸字，北方音讀起來，早已變為ㄜ，所以將麻韻分開，製了一個ㄚ母，還要製一個ㄝ母，就是這個原故。

平水韻虞模的合併，灰咍的合併，元與魂痕的合併，本來是沒有道理，而國音韻母於模韻製ㄨ，於虞韻製ㄩ，於咍韻製ㄞ，於灰韻製ㄟ，於魂痕韻製ㄣ，於元韻製ㄢ，竟能和廣韻相合，這都是能矯正平水韻的。

庚清蒸和東冬不同，湖南音很顯著，所以國音韻母，就將庚清蒸為ㄥ，東冬為ㄨㄥ。

侵覃等韻,惟有廣東人讀m,其餘各地人都大致讀n,如寒真韻,這就是收鼻音的韻,所以國音韻母,就將寒覃等入ㄢ母,真侵等入ㄣ母.

ㄦ本來不是韻母,所以要製他做韻母的,是因為支韻中的兒而耳二諸字,江浙人不能讀得清楚,而北平腔調和近世小說詞曲中,都常綴一兒字,所以製ㄦ母為推行標準音的實地試驗.

入聲字惟廣東人讀起來,還有k、t、p、的收勢,中部人讀為陰聲之短者,北方人更不能讀出,現在只可從一ㄨㄩㄚㄛㄝ六個母音,辨出北音的入聲.

茲總括本編所論分古今音為三大期.

1周秦以前至兩漢為諧聲發達期.

2魏晉至宋為韻書發達期.

3元代至近世為音標發達期.

研究的問題

(一)國音聲母為何要分幾部？

(二)國音韻母為何要分幾紐？

(三)注音有幾種用法？

(四)單獨注音的母最特別的是那一種？

(五)國音音標損益舊聲韻怎樣辨別他？

參閱的書

黎錦熙國語學講義。

易作霖國音學講義。

高元國音學。

胡以魯國語學草創。

廖立勳實用國音學。

# 丙編　字義部分

## 第一章　字義總論

講過了字形字音，就要講到字義，講到字義，就是要講到訓詁學了，何謂訓詁學？說文云：『訓、說教也。詁、訓故言也。』後漢書方術傳咸訓于嘉時注：『訓，順也。』徐鍇曰：『詁、古也。』段玉裁說：『說教者，說釋而教之，必順其理，訓故言者，說釋故言以教人。』照以上諸家說的看起來，訓詁之學，就是順字的意，以說釋之，通古今之言以順釋字的本義和引申之義，這種解釋字義的方法，在三代以前是沒有的，上古人事簡單，文字才漸漸發生，自然一望而知其義，但是到了後來人類的言語變遷了，事物複雜了，有字不同而義却是同的，有字同而義却是不同的，不用訓釋的方法，如何能通曉字義呢？易經象傳說『需，須也。師，衆也。』國語裏說：『基，始也。命，信也。』這就是訓詁的開始，經傳中如這樣訓詁的很多，所以到了西漢的時代，有許多訓詁的作品出來，就是恐人不能明白從前的字義，字本來有本訓，有轉訓，轉訓就是引申之義，不明白字的本訓，就不能知道字怎樣造出來的，不明白字的引申之義，就不能知道文字轉訓的用處，所以講到字義，就要用解釋字義方法，委曲譬況，把字的本訓和轉訓解釋清清楚楚，這才可算不違背文字學上三大原素。文字學這三個字的名詞，本是集合形聲義三者而成的一種有系統學問，而解釋字義的方法，雖有種種不同，而形訓音訓義訓的三種，卻與文字學本身的三大原素，有息息相通之理，假使解釋字義的人，向壁虛造，莫明訓詁的條例，那就是根本上未能明白中國文字了。

還有許多解釋字義的人，他自己並不以為向壁虛造，而每每與他種學問相混，有的把訓詁學當作考據學，有的把他當作義理學，有的把他當做六書中的轉注假借，其實訓詁這件事，類於考據義理而實相異，若與六書中的假借比例，則完全不同，而又絕不相類，考據是純取物證，不尚主觀見解，訓詁則目的在明義顯旨，如前所說的需須也，師、眾也，基、始也，命、信也，這就是訓詁的功用，若再問需何以訓須，師何以訓眾，基何以訓始，命何以訓信，那就屬於考據事了，義理是推闡道義的精微，並不拘拘於文字，不過講義理的人，倘不通訓詁，那對於中國經傳諸子的要恉，一定是要弄錯了，講西洋哲學又是另一問題，所以講義理，應當通訓詁，而不可視訓詁就是講義理，如說文一字下說：『惟初太極，道立於一，』這是要顯明一字之義，而不是推論宇宙的，訓詁和講義理，類似而方法實不相同，至如轉注和假借，在前甲編中已說過了，而段玉裁以爾雅初、哉、首、基、肇、祖、元、胎、俶、落、權輿，始也為轉注，這是以訓詁為轉注，而不知訓詁和轉注有別，殊足為賢者之累，訓詁之蒙，蒙也，比、比也，澈、澈也，風、風也，雨、雨也，這是以動詞解釋名詞

(天)

通其義而順說的方法，與假借朋鳥為朋黨，鳥西借為東西，那是毫不相干，就是說文以同音假借字說解的，也是訓詁的方法，而不是造字的法則，總括說兩句話，既講字義，第一不可向壁虛造，第二不可固執不通，必要明白古今言語的變遷，字義的引申，庶幾不會講錯了字義，若以為這種法子太麻煩，不適用，勢必要把中國文字滅亡，掉真正完全改用拼音的字，然後才能取消解釋字義的方法．

# 第二章　古今字義的變遷

字義所以有變遷的，當然是因為古今時間的關係，地域廣濶的關係，言文不一致的關係，假使沒有這三種關係，一個字有甚麼義就終於是這個義，然而實際上斷斷不會如此，地域和言文的關係，已足以變遷字義，而時間則繼續不斷，不知成了許多的古今，所以字義的變遷，是當然的，是必然的，今參用何仲英說，分別言之，

1 因時間而變遷的　古人的事物本是簡單，因事造字，一字只要代表一件事一件物，人很容易記得的，不像到了後來事多了，物多了，事物的名稱也多了，有從前有的而現在沒有，有現在有的而從前沒有，這却是不能不用訓詁的方法來解釋了，

2 因地域而變遷的　中國的幅員廣濶，交通很為不便，各地有各地的聲音，因此各地就各造出字來，這地方人不能明白那地方的字

義，那地方的人，也不能明白這地方的字義，不用訓詁的方法，如何能貫通呢？

3因言文不一致而變遷的　中國人說話是一種說法，做起文章來又是一種說法，文章上用的詞句，比說話難懂得多。這因為文變而為文，字義就不免有許多轉變，所以要發明訓詁學，這是最大的原故。

以上是字義變遷的三種原因，大致不外乎是，現在要把變遷的形迹舉出幾種例子來，俾知中國的字義，實有各種變化不同。

1名詞而用為動詞形容詞介詞的　古代的為字猶字豫字，都是獸的名稱，於字馬字都是鳥的名稱，就都是名詞。到了現在，為字久已用為動詞，猶豫二字早已連成用為形容詞，於馬二字早已用為介詞，他的本義是完全失掉了。

2動詞仍變為動詞的　孟子說：「畜君者好君也」人總以為好君可以講得過去，而於畜君總嫌於理不通，其實畜君就是好君，曉匣的一聲之轉.

3由本訓引伸擴大的　例如道字門字,在古代只表示道路門戶的意思,後來引申為道德的道,幾門課程的門,可見字義的範圍是擴大得多了,類此者不勝枚舉.

（天）

4因借用而失去本義或本義兼施的　例如亂字,爾雅說文均訓為治,後來借用為治亂的亂字,而治的本義失掉了.之字的本義是向上生長的意思,後來借用為介詞,如「賊夫人之子」是,但「由是而之焉」「先生將何之」這還是和本義相近的引申.

## 第三章　解釋字義的條例

中國文字，欲把他解釋清楚，既不可向壁虛造，當然有種種解釋的方法，這種種方法在有訓詁開始的時候，就已發生了．現在就把經傳諸子上用慣的七種方法，各舉出幾種例來，（參用朱宗萊江恒源說）凡研究中國文字的人，或有志改進中國文字的人，都是不可不知道的．

一　以形為訓的例　這一類的字，看見他的形，就知道他的義，因為造字的時候義即藏於其中．說文解字書內，凡說解一字，先直說他的義，後說从某从某，這就是以形為訓最古的方法，古籍中亦數見不鮮，舉例如下：

春秋左傳曾說過：止戈為武，反正為乏，皿蟲為蠱．

韓非子曾說過：自環者謂之厶，背厶謂之公．

說文曾說過：亼，三合也，象三合之形．雧，羣鳥在木上也，从雥木．

說文引董仲舒孔子訓王字，董說：三畫而連其中謂之王，孔子說：一貫三為王。

有人以為社會進化，名物繁複，從前以形為訓的字，今已沒有這樣的事物之形，叫人看見了這種字，不是有點懷疑嗎？所以就主張改造字形，我以為與其言改造，不如言加添，從前有的形，現在沒有了，不妨存留了這種字，以考古代或近古的社會風俗名物制度，如一盞燈的盞字，梟首梟字，現在卻已改了電燈泡，槍斃刑，確是用不着盞字梟字了，假如沒有替代的字，不妨如化學上加添新字的方法，再加添幾個新字，並不違於文字進化的公例，若夫把今日已無事物之形的文字存留起來，等於藉鐘鼎甲骨文考古是一樣。

二　以音為訓的例

音訓的字，是用聲音相近的字，來解釋字義，為甚麼這樣解釋呢？因為有人類就有語言，有語言就漸漸有事物名稱，則事物名稱，一定是起於未有文字的時候，果能明白了聲類語基，那音訓的各種字可以分析出來，舉例如下．
用有偏旁的音，訓沒有偏旁的字．
易　咸、感也．
荀子　君、羣也．
釋名　春、蠢也，物蠢動而生也．衣、依也，人所依以芘寒、暑也．
2 用沒有偏旁的音，訓有偏旁的字．
論語　政者，正也．
釋名　佐、左也．在左右也．憶、意也，恒在意中也．
3 用雙聲為訓的．
孟子　序者，射也．
說文　天、顛也．
釋名　覺、告也．嗟、佐也．言之不足以盡意，故發此告以自佐也．
4 用疊韻為訓的．

易　乾、健也。坤、順也。

左傳　枵、耗也。

孟子　庠者，養也。

禮記　仁者，人也。

說文　引孔子說，狗、叩也。

釋名　弓、穹也。張之穹隆然也。

三　以義為訓的例　義訓的條例，是解釋字義最普通的方法，通一切異言，辨古今名物，都是用這種條例，有說義，說事，狹釋廣，虛釋實，遮相為訓，加之以訓，譬喻為訓等等，茲各舉例於下。

1直言其義的

易　震動也。

春秋公羊傳　京師者何？天子之居也。京者何？大也。師者何？眾也。天子之居，必以眾大之辭言之。

說文　祖，始廟也。

2 陳說其事的

爾雅　善父母為孝，善兄弟為友。

賈逵左傳解詁　貪財為饕，貪食為飻。

3 用狹義釋廣義的

鄭玄周禮注　經謂之里數。

鄭玄禮記注　道，謂仁義也。欲謂邪淫也。

4 用虛義釋實義的

易　蒙者，蒙也。

禮記郊特牲　壻親御綏綏，親之也。親之也者，親之也。

禮記　齊之為言齊也。齊不齊以致齊也。

孟子　徹者，徹也。

朱熹論語注　學之為言效也。

5數字遞相為訓的

禮記　福者，備也。備者，備百順之名也，無所不順之謂備。

莊子　庸也者，用也。用也者，通也。通也者，得也。

尚書大傳　征伐必因蒐狩以閑之，閑之者何？貫之。貫之者何？習之。

6加字為訓的

詩關雎　窈窕淑女，君子好逑。毛傳，窈窕，幽閒也。淑，善也。逑，匹也。言后妃有關雎之德，是幽閒貞靜之善女，宜為君子之好匹。

7譬喻為訓

鄭玄詩注　命，猶道也。

鄭玄小戴禮注　興之言喜也，歆也。

在上面本說過義訓是訓詁最普通的法子，其實形訓音訓義訓三種，都可說是訓詁學上的常法，因為文字學本是形聲義三大要素，而形訓音訓義訓，又為訓詁學開始的條例，所以都可稱為常法，以下就要說到其他別種的訓詁了。

四　用共名訓別名的例　荀子曾說過：「物也者，大共名也。鳥獸者，大別名也。」鳥獸的大別名，雖異於物的大共名，而物的大共名，確可包括鳥獸的大別名在內。所以同類的事物，有時不可用他語解釋的，就可用共名解釋他。假使認為字義不能清晰，還可以兼說到德業事狀，以斷定他為某一類的事物，舉例如下：

爾雅　初、哉、首、基、肇、祖、元、胎、俶、落、權輿始也。

爾雅　懷、惟、慮、願、念、惄、思也。

說文　蘭、香草也。葌、香草也。薰、香草也。

五　用雅言釋方言的例　雅言又可稱為正言，就是大家都容易懂的話，至於方言，則囿於一方，各地有各地的聲音，假使不用雅言來解釋各地的方言，則此地不能懂彼地的語言，彼地也不能懂此地的語言，那就發生無窮困難了。所以揚雄作方言，太炎章先生作新方言，都是因為這個原故。舉例如下：

方言　黨、曉、哲、知也。楚謂之黨，或曰曉，宋齊之間謂之哲。按知是雅言。

方言　曾、訾、何也。湘潭之原，荆之南鄙，謂何為曾，或謂之訾，若中夏言何為也。按何、何為是雅言。

方言　鄉、或也。沅澧之間，凡言或如此者曰鄉如是。按或是雅言。

六　用今語釋古語的例　古代的語言文字，到了後世，當然有許多變遷，不能盡同。有古作此字，而今作彼字。有古用本義，而後世用引申之義。非用今語來解釋古語，如何能使字義明白呢？茲即舉用今釋古的例如下：

孟子　洚水者，洪水也。

論語　必也正名乎。鄭玄曰，正名謂正書字也。古者曰名，今世曰字。

說文「烏、誰也。鶩、隰也。卡、豆也。刱、巧刱也。」段玉裁曰：「巧刱蓋漢人語。

七　用此況彼的例　　文辭因人而殊異，制度因時而變更，如專用直言陳說的方法來解釋字義，勢必至隱晦莫識，難以通曉。倘用人尋常習見之事事物物，比況解釋，則字義自能明白。舉例如下：

詩「于以采蘋，南澗之濱；于以采藻，于彼行潦。」鄭玄曰：「蘋之言賓也，藻之言澡也。」

詩「維天之命。」鄭玄曰：「命，猶道也。」

周禮「體國經野。」鄭玄曰：「體，猶分也。」

周禮「官屬以舉邦治。」鄭眾注：「官屬，謂六官，其屬各六十，若今博士，太史，太宰，太祝，太樂，太常也。」

以上所述的訓詁條例，自經傳諸子以至兩漢魏晉唐宋歷代訓詁家及清之樸學大師，都是照這樣的條例去解釋字義；而清儒尤精於前人，若類似訓詁而實非訓詁的轉注假借之法，已於本編總論中說過，這裏不再敘述了。

研究的問題

(一)訓詁兩字的確解如何？
(二)訓詁和考據怎樣分別？
(三)訓詁和義理怎樣分別？
(四)訓詁和假借轉注怎樣分別？
(五)古今的字義，因何而有變遷？
(六)變遷的大概情形如何？
(七)自訓詁發明以來，有幾種條例見諸古籍的？
(八)何謂形訓音訓義訓？
(九)何謂共名別名？何謂雅言方言？
(十)何謂用今釋古？何謂用此況彼？

參閱的書籍

(一)章太炎新方言.
(二)杭世駿續方言.
(三)揚雄方言.
(四)爾雅.
(五)顧野王玉篇.
(六)王引之經傳釋詞.
(七)江聲釋名疏證.
(八)郝懿行爾雅義疏.
(九)王念孫廣雅疏證.
(十)俞樾古書疑義舉例.

# 附論

形聲義的三大部分既講竟，那麼我們對於中國的文字，究竟具了那一種心理；看到中國文字的形體甚為複雜，六書的規律極嚴，而聲韻和字義的變遷，處處容易引起人的一種反感，照現在社會上人對於中國文字心理統計起來，可分為三派：

調停派　這一派人，以為中國的文字不必視為天經地義，小學的規律，稍稍觸犯他，並沒有甚麼大關係，但也不必激烈，要將中國文字一齊廢掉另外用一種純粹的標音文字來替代他，亟宜推廣國音音標，謀改進語言文字的方法，庶幾兩得其當，斯為一派。

2激烈派　這一派人，以為中國文字由獨體文合體文，變遷至於篆隸真草行書，是變遷很利害的，隸體這一關，尤其是破壞了小學規律的一種形體，自此以後，幾幾乎使人不能就字形看出字義來，而淩亂的鈎捺點畫，用起來又莫明其妙，倒不如改用純粹的標音文字才好。這又是一派。

了保守派　這一派就是嚴守小學規律的人，他以為中國文字的構成，是由於形聲義三要素，就是楷書違背了規律，也可由他的變遷尋他的譌謬，而集形成字，集字成詞，三千年來有足徵的文獻，都是賴了這優美文字的力量，所以不可不保存這一種最重要的國家精粹，好像政治、風俗、學術、思想沒有一樣不是從這文字裏出來。這又是一派。

除了上面所說的三派之外，還有些糊裏糊塗的人，或是隨從調停，或是隨從激烈，或是隨從保守，這都可以不必論他了。單就上面說的三派，卻都各有理由，各有見解，而知中國文字的興廢，實在是一件很嚴重的問題。我想地球上的國家，各國有各國的文化，其文化發達，亦各有優劣不同，文字當同是一樣。有人說：文字是文化總源泉，文化發達到有進步沒有進步，或是進步遲緩，或是進步急速，都是文字組

覺麻煩，則今日學校學子學數國語文者甚多，他日我國文字，至多不過新舊兩種，有何不可並用呢？這樣就不能激烈的說把中國文字廢掉而完全用拼音文字來替代他，但無論今日，無論將來，用到舊有的文字，就要講到小學的規律，隸變為楷，如莫字暴字等，規律雖已破壞，而其他諸字，猶有能保存形義者。倘任意違背兩千年來的習慣，又不明小學規律，則非但前哲的學術不能探討，就是自已寫的自已也會弄不清楚，又何貴乎用中國文字呢？所以造拼音字母，要成功純粹的標音文字，儘管造成，而舊有文字，並無妨礙於他，新文字也無妨碍於舊文字，各有各的用處，將來並行不悖，義乃相成，三派的見解，完全融化，倒是中國文字學上開了一個新紀元的紀念。

這當然不是國音音標，因為國音音標，不是造字的字母，乃是注音於漢字旁的符號，現在既要造拼音造字的字母，以替代漢字，這是可以預備的，假如一旦成功，通俗方面可以用，科學方面可以用，文字方面也可以用，用文字的人感覺得很便利，文化上也容易有進步，這不是我們中國的一大快事嗎？而舊有的文字，在現在的時候，和將來造字的字母成功之日，究竟居於何種地位，這是不可以不說明的。

舊有文字，在目前當然是不成問題的，如調停派所說，依舊的用他，若說謀語言文字改進，亦不過多寫幾個簡字，如劉作刘，體作体，薑作姜，驚作京，腐作付，再添出些不合六書的字而已，而文字本身究難改換，果然有了拼音文字，似乎舊有文字可以廢掉了，其實不然，拼音文字，儘管成功，而中國不是無歷史的國家，凡過去的文化，總要藉舊文字來探討他，一方面用拼音文字以便利施行，一方面用舊有文字，窺測前哲有探討之價值的東西，若以為一國國民，學習兩種文字，太織優劣的表示；但是我現在不是這樣解決中國的文字興廢，中國文字所以為世人詬病的重要原因，就是說由隸再變為楷，六書的規律早已打破，字形表示字義的優點，已經失掉，直接的弊病，是用起來不便當，間接的弊病，是阻礙國家文化的進步，這一種論調，大約無論調停派或激烈派，都是有見於此的；其實調停派說的話也是沒有多大的效果，他們雖然說推廣國音音標，這至多不過達到統一語言的目的，而文字本身方面，依舊無辦法，所謂謀改進語言文字的話，還是不徹底的一句話，所以激烈派說倒不如老老實實把中國文字一齊廢掉，改用拼音的文字，但又恐非少數人所能做到，非短時間所能成功，所以這一派人又說現在是應當預備從這一條路做去的。我的見解究竟怎樣呢？

我並不是從那一派，我是要綜合三派的意見，而求得一個比較確定的辦法，而又行之有效的，激烈派說現在就要預備做拼音研究，好。這又是一派。

子保守派　這一派就是嚴守小學規律的人，他以為中國文字的構成，是由於形聲義三要素，就是楷書違背了規律，也可由他的變遷，尋他的譌謬，而集形成字，集字成詞，三千年來有足徵的文獻，都是賴了這優美文字的力量，所以不可不保存這一種最重要的國家精粹。好像政治、風俗、學術、思想沒有一樣不是從這文字裏出來。這又是一派。

除了上面所說的三派之外，還有些糊裏糊塗的人，或是隨從調停，或是隨從激烈，或是隨從保守，這都可以不必論他了。單就上面說的三派，卻都各有理由，各有見解，而知中國文字的興廢，實在是一件很嚴重的問題。我想地球上的國家，各國有各國的文化，其文化發達，亦各有優劣不同，文字當同是一樣。有人說：文字是文化總源泉，文化發達到有進步沒有進步，或是進步遲緩，或是進步急速，都是文字組

## 附論

形聲義的三大部分既講竟，那麼我們對於中國的文字，究竟具了那一種心理；看到中國文字的形體甚為複雜，六書的規律極嚴，而聲韻和字義的變遷，處處容易引起人的一種反感，照現在社會上人對於中國文字心理統計起來，可分為三派：

調停派　這一派人，以為中國的文字，不必視為天經地義，小學的規律，稍稍觸犯他，並沒有甚麼大關係，但也不必激烈，要將中國文字一齊廢掉，另外用一種純粹的標音文字來替代他，亟宜推廣國音音標，謀改進語言文字的方法，庶幾兩得其當，斯為一派。

2激烈派　這一派人，以為中國文字由獨體文合體文，變遷至於篆隸真草行書，是變遷很利害的，隸體這一關，尤其是破壞了小學規律的一種形體，自此以後，幾幾乎使人不能就字形看出字義來，而淩亂的鈎捺點畫，用起來又莫明其妙，倒不如改用純粹的標音文字才

中華語文叢書
文字學初步

作　　者／戴增元 著
主　　編／劉郁君
美術編輯／鍾　玟

出 版 者／中華書局
發 行 人／張敏君
副總經理／陳又齊
行銷經理／王新君
地　　址／11494 台北市內湖區舊宗路二段181巷8號5樓
客服專線／02-8797-8396　　傳　真／02-8797-8909
網　　址／www.chunghwabook.com.tw
匯款帳號／華南商業銀行　西湖分行
179-10-002693-1　中華書局股份有限公司

法律顧問／安侯法律事務所
製版印刷／維中科技有限公司　海瑞印刷品有限公司
出版日期／2019年3月台六版
版本備註／據1987年12月台五版復刻重製
定　　價／NTD 350

國家圖書館出版品預行編目（CIP）資料

文字學初步 / 戴增元著. — 台六版. — 臺北市
: 中華書局, 2019.03
面 ;　公分. —（中華語文叢書）
ISBN 978-957-8595-61-3(平裝)

1.漢語文字學

802.2　　108000147


*NO.H0012*
*ISBN 978-957-8595-61-3*（平裝）